La Salamandra

La Salamandra

ISBN 978-1-917006-35-4

Dymuna'r cyhoeddwyr gydnabod cymorth ariannol Cyngor Llyfrau Cymru.

Delwedd y clawr: Léa Sautin
Dylunio'r clawr a dylunio mewnol: Ifan Emyr

bwthyn
GWASG Y BWTHYN

Cyhoeddwyd gan
Gwasg y Bwthyn,
36 Y Maes, Caernarfon,
Gwynedd LL55 2NN

post@gwasgybwthyn.cymru
www.gwasgybwthyn.cymru

La Salamandra

Miriam Elin Sautin

i Mam a Papa

'Ask your hands to know the things they hold.
I know the days are reeling past in such squealing blasts
But stop for breath and you will know it's yours.
Swaying like an open door.
When storms are coming,
Hold.'

Kae Tempest, 'Hold Your Own'

'Ever tried. Ever failed. No matter.
Try again. Fail again. Fail better.'

Samuel Beckett, *Worstward Ho* (1983)

el sol

yr haul

Roedd gen i ddiawl o gur pen. Y math oedd yn curo'n ddibaid, gwasgu a churo a gwasgu.

Ba-dwm-ba-dwm-ba-dwm.

Symudais fy mhwysau o un goes i'r llall a glynu'n agosach byth at y safle bws simsan er mwyn aros o fewn y cysgod prin yr oedd yn ei gynnig. Roedd yr haul llethol yn pwyso arna i, a'r chwys yn diferu i lawr fy asgwrn cefn nes bod fy nghrys yn gen llaith ar fy nghroen. Ro'n i wedi cychwyn gweld pethau. Ffwl-on ffwndro a gweld pethau oedd bendant ddim yno. Symudiad pobl a siapiau creaduriaid yn ffurfio a thoddi i mewn i'w gilydd yng nghryndod y gwres ym mhen arall y maes parcio.

Mai-god, ro'n i angen dŵr.

Doedd 'na 'run creadur go iawn wedi ymddangos ers i mi faglu allan o'r bws o dan fynydd trwsgl fy mag cefn a mwmian 'gracias' wrth y gyrrwr dros ddwyawr yn ôl. Nodiodd yntau'n gwrtais tu ôl i'w sbectol haul cyn rhuthro i ffwrdd gyda churiad cyson y reggaeton o'r radio'n diflannu efo fo. Ers hynny, roedd y lle wedi aros yn dawel oni bai am ganu'r criciaid. Ro'n i wedi aros yn y fan a'r lle. Yn drwm gyda'r gwres, yn araf gydag ansicrwydd.

Ro'n i'n eithaf siŵr fy mod i wedi glanio'n y lle anghywir.

Blinciais sawl gwaith a diflannodd y ffurfiau'n y pellter wrth i fy llygaid arfer gyda'r golau. Trippy uffernol, yr holl beth.

Mi faset ti wedi dringo i ben yr allt yn barod erbyn hyn i gael gweld beth oedd o gwmpas, llamu i fyny'r llwybr gyda dy lygaid yn disgleirio. Mi faset ti wedi bod yn falch o symudiad a chynhesrwydd dy gyhyrau, yn falch o bob diferyn o chwys. Mi faset ti wedi symud i beidio gorfod aros yn llonydd.

Edrychais ar fy ffôn am y canfed tro. Roedd roaming yn gwrthod gweithio. Daliais ati i ffidlan efo'r settings, gan bwyso'r un botymau drosodd a throsodd nes i'r sgrin gyda'i chraciau gwe pry cop grynu a diffodd yn gyfan gwbl. Coc-y-gath. Wedi gorboethi, ma' raid.

You and me both, amigo.

Roedd fy nghur pen yn dwysáu a marciau piws-felyn wedi dechrau cleisio fy ngolwg wrth i mi syllu i'r pellter. Dechreuais dyrchu eto am fy sbecs haul o fy mag cefn oedd yn bolio gyda'r sanau, y nics a'r bŵts cerdded ro'n i wedi'u stwffio i mewn ar frys cyn gadael y tŷ gyda blas cwrw'r noson cynt yn dal yn chwerw ar fy nhafod. Roedd y sblash o ddŵr oer ar fy wyneb a fy ngheseiliau yn nhoiledau gorsaf bws Madrid yn oriau mân y bore'n teimlo'n bell i ffwrdd yn barod, heb sôn am orsaf niwlog Caerdydd ddeuddydd yn ôl. Roedd y ddwyawr olaf o Seville wedi bod yn hurt o boeth, gyda'r air-con yn penderfynu rhoi'r gorau iddi ar ôl dim ond hanner awr o'r daith. Ac rŵan ro'n i'n y maes parcio gwag 'ma, ddim yn hollol saff ai fama ro'n i fod.

Wrth chwilota yng nghrombil y bag, gwasgais lyfnder metalig yn fy llaw. B-i-n-g-o! Gyda'r rhyddhad mwyaf gafaelais yn y can o ddiod egni ro'n i wedi ei brynu yng ngorsaf Caerdydd y diwrnod cynt. Heb oedi, cliciais y can ar agor a sugnais yr hylif cynnes yn desbret. Afiach o ddesbret. Llosgodd y melyster gefn fy ngwddf a llifodd y diferion i lawr fy ngên. Ciliodd y cur pen fymryn wedi i mi ei orffen. Ochneidiais yn drwm a gadael i fi fy hun lithro i'r llawr a tharo fy mhen-ôl yn ddiseremoni ar y pafin gan jest abowt osgoi'r fflachiadau o deilchion potel Cruzcampo. Cydiais yn y camera oedd yn hongian o gwmpas fy ngwddf.

Clic-clic-clic.

Clic.

Roedd cysgod y gwres oedd yn troelli am i fyny dros y concrit yn ffurfio patrymau oedd yn mynd ac yn dod bob yn ail. Sganiais drwy'r lluniau.

Are you sure you want to delete?

Yes.

Edrychais am i fyny ac i mewn i'r pellter. Roedd siapiau pen arall y maes parcio wedi diflannu. Ro'n i'n bendant wedi cychwyn colli arni am eiliad neu ddwy. Llyfais fy ngwefusau i gael blasu'r siwgr eto.

Ac yna o nunlle daeth sgrech injan i chwalu'r llonyddwch trwm a chefais fy neffro gan fan Berlingo goch yn rhuthro'n syth tuag ata i. Stopiodd jest mewn pryd a hedfanodd y drws ar agor. Camodd dynes hŷn allan o'r fan, yn ei chwedegau cynnar, gan gadw hanner ei chorff yn y cerbyd. Roedd hi'n dal ofnadwy a'i sgwyddau'n llydan a chyhyrog. Roedd lliw haul ar ei chroen a'i gwallt gwyn wedi ei glymu'n ôl mewn cynffon hir, gydag ambell gudyn yn hongian yn rhydd.

Doedd hi'n ddim byd tebyg i ti. Dwn i'm pam roeddwn i wedi meddwl y byse hi.

'Catrin?' gofynnodd mewn llais cryg. Roedd ei llygaid yn turio i mewn i fy wyneb chwyslyd.

'Ia. Gwen?'

Nodiodd. Safais ar fy nhraed a bron i mi syrthio'n ôl ar y pafin yn syth.

'Iawn?' gofynnodd gan agor cefn y fan.

'Yndw. Jest heb arfer hefo'r gwres eto, ma' raid. Bach yn benysgafn.'

Nodiodd ac edrychodd ar ei horiawr. Deallais ei bod hi ar frys felly llusgais fy mag a'i stwffio i'r fan a llithro fy hun i'r sêt flaen. Roedd tu mewn y Berlingo'n grwst o lwch gyda rhyw arogl melys yn glynu'n yr aer. Arogl hen laswellt a llefrith wedi suro.

'Dydy'r gwregys ddim yn gweithio,' meddai Gwen wrth fy ngweld o gornel ei llygad yn trio clicio'r bwcl i'w le sawl gwaith. Clepiodd y drws ar ei hochr hi ar gau ac o fewn dim roedd y ddwy ohonom yn gwibio i ffwrdd. Wrth ruthro o'r maes parcio, cefais gip ar siapiau'r gwres yn rhedeg ar ein holau.

Agorais fy ffenest led y pen gan groesawu'r awel yn chwythu drwy fy ngwallt a sychu'r chwys hallt oddi ar fy wyneb. Roedd milltiroedd ar filltiroedd o gaeau euraidd yn ymestyn o'n blaenau gyda rhesi o flodau haul unionsyth yn ymestyn am i fyny. Pwffiodd y Berlingo i fyny'r elltydd, a chrensiodd Gwen y gêr gan ysgytio ni'n dwy am ymlaen. Roedd ei llygaid wedi'u rhwymo i'r ffordd a'i gwefusau wedi'u pwytho ar gau.

'Mae'n weird braidd, dydy, mai dyma'r tro cyntaf dwi'n cwrdd â chi go iawn,' mentrais o'r diwedd gan droi ati a gweld ei thalcen yn crychu.

'Gei di ddweud "ti",' atebodd gan wthio'r gêr anfodlon i'w le.

'Ers faint dach chi ... wyt ti yma?' gofynnais gan afael yn dynn ar yr handlen uwch fy mhen wrth i'r car glepian i mewn ac allan o dyllau ar hyd y ffordd.

'Dros bedwar deg o flynyddoedd.'

'Ac wyt ti'n mynd 'nôl i Gymru weithiau?'

'Ddim ers blynyddoedd maith.'

Aeth pethau'n dawel eto wedyn ac es i ati i gyfri'r polion trydan oedd yn gwibio heibio.

'Fuest ti'n aros yn hir?' gofynnodd o'r diwedd.

'Na, na. Ddim rhy hir.'

Cododd ei haeliau, yn amlwg ddim yn fy nghredu. Roedd hi'n dreifio'n gyflym ac yn gwibio o gwmpas pob troad. Gafaelais yn dynnach yn ymylon fy sêt.

'Ro'n i 'di anghofio dy fod ti'n cyrraedd heddiw.'

'Wel, ma' popeth 'di bod bach yn funud olaf, yn do?' Dechreuais gnoi fy ewinedd, yn chwarae gyda'r boen o gyffwrdd y croen tyner. 'Doeddwn i ddim yn siŵr os oeddech chi wedi derbyn fy ail lythyr neu beidio.'

Taflodd Gwen olwg sydyn arna i. Roedd ei llygaid yn las golau, golau, glas bore bach, a theimlais yr ysfa fwyaf sydyn i dynnu llun ohoni. Arhosodd fy nwylo'n llipa ar fy nglin.

Roedd y chwithdod eto'n llenwi'r cerbyd. Syllais ar y bryniau ar y gorwel. Ymhlith y caeau o flodau haul roedd sawl hen goeden olewydd gnyciog yn gwlwm o ganghennau.

Arafodd Gwen wrth gyrraedd cyrion pentref a dechreuodd nadreddu drwy'r strydoedd cul. Roedd y sgwâr canolog yn wag oni bai am ambell hen ddyn wedi gwyro dros ei ffon bren yng nghysgod y goeden fawr. Roedd arwydd rhydlyd caffi'n hongian dros un o'r drysau, ond roedd y tu mewn i'w weld yn dywyll. Roedd pob shutter ar hyd y stryd ar gau.

'Ydy hi'n amser la siesta?' gofynnais wrth edrych draw at Gwen.

'Rhywbeth o'r fath,' atebodd gan gyflymu unwaith eto wrth gyrraedd pen arall y pentref. Roedd y daith yn teimlo'n hir wedyn. Trodd oddi ar y briffordd a siglodd y fan dros y lôn garegog, bantiog yn araf. Heb yr awel yn chwipio trwy'r ffenest, pwysai'r gwres yn drwm o fewn y car a llenwodd fy nghlustiau gyda suo'r pryfed. Roedd cefn fy ngwddf a fy llygaid wedi dechrau cosi gyda'r llwch a godai o'r lôn.

'Eich coed chi yw'r rhain?' gofynnais ar ôl sbel.

'Ni sy'n gofalu amdanyn nhw,' atebodd Gwen gan droi ei phen at y rhesi o goed almon bob ochr i'r lôn. 'Ond mae rhai ohonynt, rhai o'r coed, yn sâl. Bydd raid i ni dorri nhw i lawr cyn bo hir.'

Do'n i ddim yn siŵr sut i ymateb. Y syniad bod coeden yn gallu bod yn sâl, jest fel ni. O'r diwedd, daeth y tŷ i'r golwg. Roedd o'n dŷ cerrig isel gyda tho fflat, yn gwthio ei hun allan o'r tir o'i gwmpas. Ond wrth gamu allan o'r fan ac ymestyn fy nghoesau sylwais ar y paent gwyn yn plicio, y teils terracotta wedi syrthio o'r to ac ambell ffrâm drws pren yn cael ei chynnal gan bolion haearn cam.

Roedd Gwen wedi prysuro'n barod ac ar ei chwrcwd yn llenwi bowlen gyda dŵr o dap rhydlyd tu allan i'r tŷ.

'Mae'n rhaid i mi fynd i fwydo'r geifr. Fydda i'n ôl cyn hir,' meddai wrth godi ar ei thraed. 'Gei di fynd i dy stafell i orffwys. Y drws cyntaf ar y dde ar ôl y gegin.' Arhosodd am eiliad, fel petai am ddweud rhywbeth arall, ond yna trodd tuag at y beudy gyda'r to yn pantio'n y canol. Dylwn i fod wedi cynnig helpu, meddyliais ar ôl i'w gwallt gwyn ddiflannu rownd y gornel.

Gyda'r bag trwm ar fy nghefn, llusgais fy nhraed at y tŷ. Roedd rhywfaint o dolciau yn y drws pren a'r mat tu allan wedi gwisgo'n rhwymau. Gwyrodd blodau Mair melyn yn llipa o fasgedi uwch fy mhen, gydag ambell un wedi sychu'n grimp. Roedd cadeiriau wedi eu gadael rywsut rywsut ar y patio o flaen y drws ffrynt, y gwyrdd tywyll wedi hen bylu'n rhubanau llwydlas ar y pren. Troais fy mhen a stopiais yn stond i edrych ar yr olygfa o fy mlaen. Ym mhen arall y patio, wedi eu gosod ar y llawr, roedd metrau o ddefnydd patrymog wedi eu gorchuddio gan gnau almon. Cannoedd ar gannoedd yn chwysu'n yr haul tanbaid. Camais yn agosach gan blygu i lawr a chyffwrdd rhai o'r plisgennau gyda blaenau fy mysedd. Roeddent yn arw a chynnes. Yn gwbl anghyfarwydd. Chwythodd awel o gwmpas talcen y tŷ gan lithro ei hun o dan y defnydd a'i godi'n donnau. Crynodd y cnau yn erbyn ei gilydd nes i'r gwynt ostegu, eu sisial yn llenwi distawrwydd llethol y buarth.

Codais ar fy nhraed a gwthiais ddrws y gegin ar agor a chael fy llyncu gan dywyllwch oer y tŷ cerrig. Roedd hi'n stafell fawr, un oedd yn amlwg wedi gweld prysurdeb dros y blynyddoedd. Roedd y teils ar y llawr wedi gwisgo'n slic mewn mannau, wrth ochr y sinc a thu ôl i gadeiriau'r bwrdd bwyd. Roedd hen sosbenni wedi duo'n hongian o'r waliau a llestri'r bore'n bentwr yn y sinc, gyda phryfed tew, glasddu'n cylchu'r briwsion bara yn ddiog ar dopiau'r cownteri. Ro'n i ar fin mynd draw i gael diod o ddŵr pan glywais lais garw tu ôl i mi.

'¿Quién eres?'

Troais yn sydyn a gweld cysgod dyn yn y drws. Arhosodd yno am eiliad cyn agosáu. Teimlais fy nghyhyrau'n tynhau wrth weld ei fod yn dal lli gadwyn yn ei law. Cefais fy nharo gan arogl petrol cryf wrth iddo gamu ymhellach i mewn i'r stafell.

'Catrin. Me llamo Cat.' Daeth y geiriau allan yn drwsgl. 'Are you José?'

Daeth yn agosach gan gamu allan o'r cysgod. Gwthiodd ei wefus waelod gochbiws trwy flewiach ei fwstásh. Teimlais fy hun yn brysio i lenwi'r tawelwch.

'I'm your sister's daughter – soy la hija de tu hermana.'

'¿Y porqué estás aquí?' Gosododd ei law yn bwrpasol ar y lli a chamodd yn agosach eto gyda'i aeliau hir yn ffluwch dros ei lygaid. Roedd arogl y petrol yn llosgi fy nhrwyn erbyn hyn. Gafaelais yn y gadair o fy mlaen yn dynn.

'I'm here to meet you. I sent you a letter a few weeks ago.' Diflannodd fy llais yn fy llwnc.

Dechreuodd ci gynhyrfu'n wyllt yn y buarth tu allan.

'Joder.' Poerodd, cyn sychu ei drwyn ar ei lawes gan adael rhuban du o olew ar ei foch. Heb ddweud gair arall diflannodd yn ôl i ganol golau disglair y buarth.

Arhosais yn fy unfan am sbel ac yna tynheais strapiau fy mag a gafael yn y camera o gwmpas fy ngwddf. Yn falch o'r pwysau oer yn fy llaw.

la chispa

y wreichionen

Ro'n i'n eistedd yn llipa ar y gadair wellt isel o dan y ffenest a dwy lygad fawr wyllt yn rhythu arna i. Roedd corneli'r llun ar y wal o fy mlaen wedi cyrlio'n felyn a blynyddoedd o haul wedi pylu piws yr awyr, aur y sêr a chysgodion y cyhyrau. Roedd y ferch yn y llun yn hanner cuddio ei hwyneb gyda'i dwylo, ond trwy'i bysedd, roedd hi'n bosib gweld ei cheg ar agor a'i llygaid tywyll ar led. Ymlusgodd patrwm o gysgodion ar draws ei hwyneb. Cymerais bwff arall o fy sigarét a gwyrais fy mhen yn ôl gan bwyso fy ngwar yn erbyn y silff ffenest. Chwythodd arogl ffigys melys a thail trwy'r aer a siffrydodd y cyrtens cotwm gwynlwyd uwch fy mhen gan gosi fy moch.

Ro'n i 'di cyrraedd. Había llegado. I ryw raddau.

Roedd hi'n stafell fechan hirsgwar, gyda gwely sengl mewn un pen a sinc cornel yn y pen arall. Roedd silffoedd yn gorchuddio pob modfedd o'r waliau ac yn gwegian o dan bwysau'r llyfrau oedd wedi eu gosod bob sut. Sbaeneg oedd y rhan fwyaf ohonynt. Roedd ambell un Saesneg, ac un copi o'r Beibl yn Gymraeg wedi ei stwffio o dan bentwr o lyfrau coginio a chylchgronau peirianwaith ffermio. Roedd yr haen drwchus o lwch yn awgrymu nad oedd neb wedi cyffwrdd â'r stafell ers sbel go lew.

Edrychais eto ar fy ffôn oedd wedi ailgynnau ond gyda'r bariau signal yn aros yn styfnig o fflat. Doedd dim opsiwn yn ymddangos wrth glicio ar yr eicon Wi-Fi chwaith. Digital detox gorfodol. Ro'n i wirioneddol ar fy mhen fy hun.

Sola.

Gwasgais y cnawd rhwng fy mawd a fy mys yn galed drosodd a throsodd nes i'r croen golli teimlad.

Bai Sia oedd hyn i gyd.

*

'Stwffia hyn, dwi'n mynd,' dywedais wrth Sia wrth godi'n sydyn a gwneud i'r cwpanau ar y bwrdd grynu.

'Cat, paid â meiddio. Stedda lawr rŵan.' Cipiodd lawes fy siwmper gan fy llusgo yn ôl ar y gadair bren.

'Ma'r boi dri chwarter awr yn hwyr. Piss take.'

'Fydd o yma. Ma' 'di cymryd misoedd i fi drefnu'r cyfarfod 'ma. Paid â cocio fyny'r cwbl rŵan, olréit?' Cyflymodd tapio ei hewinedd ar fwrdd gludiog y caffi. Roedd y lle'n orlawn o sgwrsio, clincian gwydrau, stêm poeth a chrio plant. Roedd bochau'r ddwy ohonom yn cochi'n grasboeth.

'Ydan ni hyd yn oed angen y boi 'ma? Gen i bad vibes am yr holl beth.'

'Like it or not, mae o acshyli'n eitha big deal yn y byd celf a 'di cytuno i gwrdd â ni, so cau dy geg ac yfa dy goffi.'

Roliais fy llygaid. 'Big deal, my arse. 'Di o heb drefnu unrhyw beth newydd yn y degawd diwetha 'ma.'

'Wel, does 'na neb arall 'di ateb fy e-byst, so suck it!'

'Dylwn i fod yn gwaith reit rŵan. Alla i ddim fforddio colli job arall,' meddwn trwy fy nannedd.

'Dwi'n siŵr ellith rhywun arall roi'r ffilm mlaen a thacluso'r sinema am un bore. Ist, dyna fo. Ma' o yma.'

Camodd cawr o ddyn i mewn i'r caffi, ei goesau'n gartwnaidd o hir a'i wallt coch wedi'i gribo'n ôl yn dalp o daclusrwydd. Brysiodd Sia ato gan faglu dros droed y gadair.

'Mr Tomos, diolch am ddod.' Cadwodd ei llais yn wastad ac yn awdurdodol wrth iddi sythu ei hun a'i dywys yn ôl i'n bwrdd bach oedd wedi'i stwffio i gornel dywylla'r caffi.

Cymerais y llaw roedd o wedi ei hestyn, ei groen yn feddal fel toes bara.

'Irfon,' dywedodd yn syml fel cyfarchiad cyn gollwng ei hun ar y gadair wrth ymyl Sia. Stwffiais fy nwylo yn ôl i mewn i fy mhocedi. Arhosais yn sefyllian uwchben y bwrdd a chwyddodd llygaid Sia'n fwy. Pwyntiai ei thrwyn at y gadair o fy mlaen gan ei gwneud hi'n amlwg fy mod i'n bod yn awkward uffernol ac yn gwneud sefyllfa od yn fwy od byth. Anadlais yn drwm drwy fy nhrwyn cyn llusgo'r gadair yn ôl ac eistedd yn wynebu'r ddau. Crychodd Irfon ei wefusau'n wên, ond arhosodd ei lygaid yn ddau rimyn cul. Tynnodd ei hun yn agosach at y bwrdd gan blethu ei fysedd hir at ei gilydd.

'Roedden ni'n dechrau amau os oeddech am ddod ...' dechreuais cyn teimlo esgid galed Sia'n fy nghicio dan y bwrdd.

'Hmm? Ia, diwrnod prysur heddiw 'ma. A dweud y gwir, does gen i ddim llawer o amser,' dywedodd gan sbecian ar wyneb ei oriawr.

'Nawn ni ddim eich cadw'n rhy hir. 'Dan ni'n ddiolchgar eich bod chi wedi dangos diddordeb yn y cais,' agorodd Sia'r sgwrs gan bwyso ymlaen dros y bwrdd a'i llais yn llawn egni a bwrlwm.

'Atgoffwch fi eto o'r hyn sydd gennych chi mewn golwg.' Roedd o ar y llaw arall yn siarad yn araf, ei eiriau'n suddo fel plwm.

'Arddangosfa o waith celf artist o'r enw Isabel del Mar. Chafodd hi erioed gydnabyddiaeth yn ystod ei bywyd. Gwarth llwyr.'

'Pam hynny?'

'Wel, tynged llawer o artistiaid benywaidd o'r ugeinfed ganrif.'

'A, ia. Cymhleth fel sefyllfa, dydy?'

Brathodd Sia ei gwefus. Roedd rhaid i mi edmygu ei hamynedd. Dechreuais chwarae gyda'r paced o ketchup, fy mys yn olrhain yr ymyl pigog.

Chwifiodd ei ddwylo yn yr awyr er mwyn trio tynnu sylw'r staff ond roedd pawb yn rhy brysur neu'n gwneud job dda o'i anwybyddu. 'Esgusodwch fi,' ochneidiodd gan godi a cherdded tuag at y cownter. Yr eiliad yr oedd o'n ddigon pell i beidio ein clywed, gwyrodd Sia ymlaen.

'Elli di o leia cogio bach bod gen ti ddiddordeb bod yma?'

'Sia, ma'r boi 'ma'n waeth nag o'n i 'di feddwl. Let's bounce.'

'Cat, ma' hwn yn gyfle rili da. 'Dan ni jest angen ei berswadio fo i ddefnyddio ei oriel. Jest paid â gwneud i mi edrych fel idiyt o'i flaen o, ocê?' dywedodd gan bwyso'n ôl yn ei chadair a rhyddhau anadl ddofn.

Edrychais i fyny ato'n gwyro dros y ferch oedd yn gweithio wrth y til.

'Make sure it's hot, would you? Yes, the milk too. No, not in that cup – the other one.'

Trodd Sia'n ôl ata i. 'Ocê, ma' o bach o prick,' sibrydodd gyda'i llais yn dynn. 'Ond ella gawn ni ddim cyfle arall.

Wnes i nodi'n y cais i'r Cyngor Celfyddydau fod gennyn ni gytundeb gydag oriel yn barod. 'Dan ni yn y cach fel arall.'

'Make sure it's normal milk, would you? None of that oat stuff,' ychwanegodd gan bwyso ymlaen yn bellach drosti.

'Jest gwranda ar be sydd ganddo fo i'w ddweud,' meddai Sia gan lyncu'n galed a syllu arno'n llusgo ei hun yn ôl at ein bwrdd. Cwpanais fy mỳg o de mint yn fy nwylo. Roedd chwa o arogl surfelys yn ein taro bob tro y byddai rhywun yn agor drws y stafell folchi oedd gerllaw. Shifftiais yn y gadair, gan deimlo'n boeth o dan fy siwmper.

'Rwy'n cofio eich neges nawr. Yr artist o Sbaen, yndyfe? Cofio meddwl bod hynny gydag apêl, yr ochr ... exotic.'

Cliriais fy ngwddf, ond neidiodd Sia o fy mlaen. 'Ia, cafodd ei magu yn ne Sbaen a symudodd i Gymru yn ei thridegau cynnar.'

'Felly, ry'ch chi moyn i ni gynnal arddangosfa o'i gwaith? Mae'r cais am arian wedi ei gymeradwyo?'

'Do, do, popeth wedi ei dderbyn.'

'A chi sy'n berchen ar ei gwaith hi i gyd?'

'Ia, mae popeth wedi'i storio'n ofalus yn y tŷ gennyn ni,' atebodd Sia gan nodio ei phen yn orfrwdfrydig. Brathais fy nhafod.

'Fel y gwyddoch yn barod, siŵr o fod, ry'n ni'n oriel fechan ond uchel ei pharch yma yng Nghymru a gweddill y Deyrnas Unedig, a dweud y gwir.' Pwysodd yn ôl yn ei gadair gan blethu ei ddwylo tu ôl i'w ben. Roedd y boi'n amlwg wedi hen arfer teimlo'n gartrefol lle bynnag yr âi. 'Roedd eich cynnig yn un difyr ond allwn ni ddim derbyn dim llai na chwe deg y cant o'r gyllideb. O ystyried bri ein horiel a chostau cynyddol cynnal arddangosfeydd.'

‘Chwe deg ...’ ailadroddodd Sia’n araf gyda’i cheg ar agor led y pen.

‘Wel, unwaith i chi fframio’r gwaith, marchnata ... Mae prisiau’n cynyddu’n gyflym iawn.’

Gollyngais anadl hir a phwyso’n ôl yn fy nghadair. ‘Sori, ma’ hyn i gyd jest bach yn ...’

‘Be ma’ Cat yn trio’i ddweud ydy bod hi’n gwerthfawrogi’r cyfle’n fawr,’ ebychodd Sia. Agorodd y drws i’r stafell folchi eto, yr arogl yn gwneud i fy mhen droi. Dechreuodd chwys bigo fy nhalcen fel nodwyddau.

‘A chi yw ei merch hi felly?’ gofynnodd gan droi ata i.

‘Ia.’ Cyflymodd curiad fy nghalon.

‘Mae Cat hefyd yn ffotograffydd. Ma’ ganddi brofiad gwneud ffilmiau dogfen, yn does, Cat?’ dywedodd Sia gan wenu arna i’n anogol.

‘O, ie?’ Edrychodd Irfon dros fy ysgwydd, yn rhyw hanner gwrando, cyn troi’n ôl ata i a chlirio ei wddf. ‘Roedd sôn am fynd i Sbaen fel rhan o’r cais, oedd?’ gofynnodd gan edrych ar ei oriawr eto.

‘O, ia?’ gofynnais gan rythu ar Sia.

‘Oedd ... Mae sawl un o’r paentiadau’n cyfeirio at y fferm lle cafodd ei magu. Y syniad ydy cynnwys lluniau Cat fel rhan o’r arddangosfa. Gwehyddu celf a chyfrwng mam a merch, fel petai.’

Fy nhro i oedd hi i gicio Sia o dan y bwrdd. Pesychodd yn galed i guddio sŵn ei chadair yn crafu’n ôl.

‘Meddwl bod hynny’n angenrheidiol,’ nodiodd yn araf. ‘Mae cyn lleied o wybodaeth amdani ar gael.’

‘Mae brawd dy fam yn dal i fyw yno, dydy, Cat? Ti ’di bod yn meddwl dysgu mwy am y teulu yno ers sbel, yn do?’ Gwthiodd Sia ei hun i’r sgwrs eto, ei llygaid yn saethu’n ôl a blaen rhwng wynebau’r ddau ohonom.

‘Ydw i?’ gofynnais yn dawel.

‘Wel, dyna ni,’ dywedodd Irfon gan roi clec i weddillion ei goffi a dechrau codi.

‘Felly dach chi’n gytûn?’ gofynnodd Sia gan edrych i fyny arno’n syn.

‘Ydw, ydw. Mae gennyn ni gyfnod gwag yn yr oriel mewn deufis, digwydd bod. Fydd popeth yn barod gennych chi erbyn hynny?’

‘Bydd!’ meddai Sia gan hanner codi o’i chadair yn llawn cyffro.

‘Anfonwch weddill y manylion i’r swyddfa. Bydd Branwen ar gael i weinyddu pethau.’ Rhoddodd ei gôt amdano eto. ‘O, bydd rhaid i’r gyllideb i fynd i Sbaen ddod gennych chi, mae gen i ofn. Gobeithio eich bod yn deall – pethau’n y celfyddydau’n dynn ofnadwy ar hyn o bryd.’

Nodiodd Sia’n araf.

‘Be dach chi’n feddwl o’r gwaith?’ gofynnais yn sydyn gan sythu fy nghefn ac edrych i fyw ei lygaid.

‘Pa waith?’ atebodd gan edrych i lawr arna i o’r uchelderau.

‘Gwaith fy mam, y gwaith celf.’

‘A, ie. Mae ’na rywbeth reit atyniadol amdano os ydych chi’n hoffi’r math yna o beth.’

‘Y math yna o beth ...?’

‘Mae’r gwaith yn emosiynol iawn. Lliwgar. Aeth hi erioed i ysgol gelf?’

‘Naddo.’

‘Trueni. Mae’n rhaid i mi fynd, mae gen i ofn. Pleser cwrdd â chi’ch dwy.’ Cerddodd yn ôl allan a gadael rhimyn o arogl ei aftershave ar ei ôl.

Edrychodd y ddwy ohonom ar ein gilydd mewn tawelwch am ennyd. ‘What the fuck?’ gofynnais o’r diwedd gan deimlo swigen o chwerthin yn codi. Dechreuodd Sia hithau chwerthin mewn ysbeidiau byrion cyn i'r ddwy ohonon ni gael rhyddhad mewn pwl o udo nerfus, gwyllt. Dechreuodd ochrau fy mol gnoi wrth i mi gael trafferth anadlu.

'What a joke,' llwyddais i ddweud rhwng pob chwerthiniad cyn teimlo pelen yn ffurfio yng nghefn fy ngwddf wrth lawn sylweddoli be fuon ni'n ei drafod. Cronnodd fy llygaid gyda dagrau disymwth.

Rhewodd wyneb Sia wrth fy ngweld. 'Ti'n ocê?'

Codais yn sydyn a chamais allan i ganol oerfel Cowbridge Road East. Roedd hi wedi dechrau pigo bwrw ac arogl y bwyty Indiaidd drws nesaf yn cymysgu gydag arogl y bagiau bin oedd wedi eu gadael bob sut o gwmpas y golau stryd. Gwibiodd Sia ar fy ôl fel cysgod.

'Cat?' gofynnodd gan roi ei chôt amdani.

'Wnest ti gadw'r darn am fynd i Sbaen yn dawel,' dywedais gyda fy nwylo yn fy mhocedi, yn syllu ar y gwm cnoi'n britho'r sment o dan fy nhraed.

'Cat, ma' hwn yn gyfle rili da.'

'Dylsat ti 'di gofyn.'

'O'n i'n gwybod fysat ti'n gwrthod. Dwi'n gwybod bod tisio dysgu mwy am dy fam. Does 'na'm pwynt i ti wadu'r peth. Ti'n pissed off bod hi erioed 'di sôn dim am ei hanes yn tyfu i fyny.'

'Dim pawb sydd fatha ti ddo, yn stwffio ei hun i bob man.'

'Cat ...' dechreuodd Sia gan drio gafael yn fy mraich.

'Dylsat ti 'di gofyn,' dywedais eto gan droi i ffwrdd a cherddded i lawr y pafin simsan, prin yn teimlo'r glaw yn gwlychu corun fy mhen.

Y noson honno, dringais fyny'r ystol i atig y tŷ. Blinciodd y golau sawl gwaith cyn ffrwtian yn swnllyd a gwasgaru ei olau dros y llanast llychlyd. Roedd rhai o dy baentiadau'n dal allan ar îsl a phentyrrau o lyfrau braslunio wedi eu gosod un ar ben y llall. Roedd tiwbiau paent wedi eu gwasgu'n ddim, sgraps o bapur yn gonffeti ar y llawr a photeli clir o white spirit ar eu hanner. Roedd dy flerwch yn dal i lenwi pob cornel o'r stafell fechan. Anadlais am i mewn. Roedd arogl y paent olew yn drwchus yn yr aer. Gwenais wrth gofio sut wnest ti ond cytuno i symud lawr ata i ar yr amod bod yr atig yn cael ei throi'n stiwdio. Syllais ar un o dy baentiadau oedd yn pwyso'n erbyn y wal, y stribedi gwyllt o oren yn trywanu cylchoedd o ddu a llwyd. Gwyrais ymlaen i gael darllen y teitl, *La finca / Y fferm*. Daeth Sia o hyd i mi'n eistedd yno ynghanol anhrefn dy ddychymyg. Ddywedodd hi ddim wrth weld fy nagrau, dim ond lapio ei breichiau o fy nghwmpas yn dynn.

*

Stwffiais y ffôn dan obennydd y gwely. Roedd Sia'n siŵr o fod yn swp sâl yn poeni amdana i erbyn hyn. Byddai'n rhaid i mi ddod o hyd i ffordd o gysylltu gyda hi asap. Roedd y gwres wedi dechrau cilio rhyw fymryn, a sŵn cloncian wedi dechrau dod o'r gegin. Diffoddais y sigarét ar y silff a llusgais fy hun at ddrws trwm y llofft. Roedd llygaid tywyll y ferch yn y llun yn fy nilyn trwy'i bysedd. Wrth agor drws y stafell wely, sylwais nad oedd clo arno. Llosgodd fy ffroenau wrth gofio am arogl y petrol o'r lli. Caeodd y drws yn glep tu ôl i mi, ond wrth i mi bellhau i lawr y coridor ro'n i'n dal i deimlo pâr o lygaid wedi eu hoelio arna i.

Isabel del Mar (1960–2025)
Di-deitl, 1968
Andalusia
Gludwaith a siarcol ar bapur brown

Dyma un o ddarnau cynharaf yr artist yn y casgliad ac un o'r rhai prin i oroesi ers ei phlentyndod. A hithau ond yn wyth mlwydd oed ar y pryd, mae'r gwaith yn amlygu ei diddordeb mewn siapiau trawiadol a chyferbyniad gwreiddiol o liw. Sylwch ar freuder ymylon y papur brown. Mae awgrym yma fod yr artist wedi ymdrechu'n ofalus i amddiffyn a diogelu'r darn dros y blynyddoedd. Treuliodd ei phlentynod cynnar ar fferm almonau yn ne-orllewin Andalusia, Sbaen. Efallai'n wir mai darlun o'r fferm honno ydyw, gyda'r haenau o ludwaith yn awgrymu treigl y tymhorau.

la finca

y fferm

Roedd Gwen â'i chefn ata i wrth i mi gamu i lawr y ddwy ris i dywyllwch oerbraf y gegin. Gwisgai ffedog ddu a'r strapiau'n groes dynn ar hyd ei chefn. Llifai golau euraidd diwedd dydd drwy'r ffenestri cymylog o'i blaen, yn meddalu ffiniau ei chorff. Llithrais y gorchudd oddi ar lens y camera oedd yn dal i hongian o gwmpas fy ngwddf.

Clic-clic-clic.

Trodd Gwen ar ei sawdl gan godi ei llaw at ei brest a golwg syn ar ei hwyneb.

'Sori, wnes i ddim meddwl.' Clipiais y gorchudd yn ôl yn ei le a theimlo fy mochau'n poethi.

'Dwi heb ...' dechreuodd Gwen ac yna cliriodd ei gwddf a sychu ei dwylo ar ei ffedog. 'Fydd swper yn barod cyn bo hir.' Trodd ei chefn yn ôl ata i.

'Be alla i neud?' gofynnais wrth dorchi fy llewys.

'Y tatws. Angen cael eu pilio a'u berwi,' dywedodd wrth nodio tuag at fag mawr papur o dan y sinc. Cymerais lond llaw a dechrau plicio'r croen gan deimlo fy chwys yn cymysgu gyda'r pridd. Parhaodd hithau i dorri'r tomatos o'i blaen, eu crwyn yn byrstio dan lafn miniog ei chyllell. Roedd rhywbeth anghysurus am ei distawrwydd. Byddai dy byliau di'n dal i fod yn llawn sŵn drysau'n slamio a cherddoriaeth uchel dy radio, tra oedd tawelwch Gwen fel petai wedi'i rewi drwyddo.

'Ti 'di arfer gydag anifeiliaid fferm, do?' holodd yn sydyn gan osod ei chyllell i lawr am eiliad ac edrych arna i.

'Do.' Llithrodd y celwydd allan yn hawdd.

'Well i ti wybod hefyd bod y dŵr o'r ffynnon wedi mynd yn brin dros yr wythnosau diwethaf. Ma' hi 'di bod yn eithriadol o boeth,' ychwanegodd gan ysgwyd ei phen.

Nodiais yn araf. Roedd yna lindysyn bach wedi nythu mewn twll yn un o'r tatws. Gosodais o'n ofalus ar y silff ffenest o fy mlaen. Ro'n innau'n teimlo fel cuddio mewn taten, cogio bach nad oeddwn i wirioneddol yn y gegin dywyll 'ma gydag arogl chwerw hen furum a llygaid gleision y ddynes 'ma nad oedd yn ti.

'Fydd José'n ymuno hefo ni heno 'ma?' mentrais gan edrych ar y dŵr yn troi'n slwtsh o bridd yn y sinc.

'Mae o o gwmpas.'

'Oedd o'n gwybod 'mod i'n dod?'

Atebodd Gwen ddim, dim ond parhau i dorri'r bara gyda chyllell finiog.

Ateba fi! ro'n i eisiau gweiddi. Ond arhosais innau'n dawel, y sgrech fud yn rhuo drwy fy mhen.

Awr yn ddiweddarach roedd y ddwy ohonon ni'n eistedd wrth y bwrdd pren a'r lamp uwch ein pennau'n hongian yn isel gan ffurfio cylch llwyd gwan o'n cwmpas. Roedd yr awyr tu allan rhwng dau olau, yn sialc glasbiws a chysgodion y bryniau'n amlinelliad tywyll. Er bod trydydd plât wedi ei osod ar y bwrdd roedd y gadair yn wag. Aeth fy ngolwg yn fwyfwy niwlog gyda blinder. Doeddwn i prin yn gallu blasu'r bwyd o'n blaenau. Tatws wedi eu berwi, tomatos amryliw yn ddigon o faint i lenwi cledr llaw a lwmpyn o gaws gafr hufennog.

Ro'n i bron â marw eisiau sigarét arall.

'Ti'n debyg iddi. Debyg i Isabel,' dywedodd Gwen o'r diwedd gyda'i phen yn hongian am i lawr wrth i'w dwylo gadw'n brysur gan daenu'r caws gafr yn denau ar ddarn o fara.

'Ydw i?' gofynnais, gan deimlo fy mrest yn tynhau.

'Wel, oni bai am y ...' Cododd Gwen ei llygaid at ochrau fy mhen oedd wedi eu heillio. 'Ond mae gennych chi'r un llygaid, yr un pryd a gwedd.'

'Roedd pobl yn arfer dweud hynny dipyn pan oeddwn i'n iau.'

'Be 'di dy oedran di?'

'Pedair ar hugain.'

'Hmm.' Edrychodd fyny, y tro 'ma gyda gwên fechan yn cosi ei gwefusau. Roedd ei llygaid yn dywyllach yng ngolau gwan y gegin. 'Dyna'r oedran i mi gwrdd â dy fam gyntaf.'

'Rili?' gofynnais gan deimlo fy hun yn deffro rhyw fymryn. Eisteddais yn sythach yn fy nghadair a phwysais fy nwy benelin ar y bwrdd. 'Sut ...' Llyncais er mwyn arafu'r llif o eiriau yn byrlymu o fy ngheg. 'Sut wnaethoch chi gwrdd, felly?'

Cyn i Gwen allu fy ateb crafodd sŵn traed trymion ar hyd y coridor tua'r gegin a daeth José i'r golwg yng nghysgodion pella'r stafell. Cwmanodd fy sgwyddau a chaeais fy ngheg.

Great timing, mêt.

Ochneidiodd yntau'n drwm, llusgo'i hun at y bwrdd bwyd ac yna gollwng ei hun ar ei gadair heb ddweud gair. Rhwygodd glwt o fara a'i lyncu'n awchus heb ei gnoi a llenwodd ei blât gyda'r tatws. Estynnodd am selsigen wedi'i halltu oedd yn hongian o un o'r trawstiau uwch ei ben a dechreuodd ei dorri'n sleisys tenau, ei fysedd yn sgleinio gyda'r saim. Edrychais draw at Gwen oedd yn rhythu ar ei gŵr gyda'i cheg yn llinell fain, dynn.

'¿Hay vino?' gofynnodd José gyda'i geg yn llawn tatws. Arhosodd Gwen yn dawel.

'¿Hay vino?' gofynnodd eto, yn fwy pendant y tro hwn. Nodiodd Gwen at y cwpwrdd, ei llygaid yn culhau fwy byth.

Ro'n i'n teimlo fy nghorff yn tynhau wrth i mi gael fy nal yn y cwlwm o densiwn rhwng y ddau. Edrychais i lawr at fy mhlât, yn ôl i fyny at eu hwynebau, yn ôl i lawr at fy nghôl. Sut oeddet ti'n arfer ymddwyn gyda'r creadur rhyfedd 'ma? Dyma fi'n trio dy ddychmygu di yma'n eistedd wrth y bwrdd yn blentyn, dy draed prin yn cyrraedd y llawr. Sut oedd o'n arfer dy drin di?

Cododd José'n araf bach. Roedd yntau'n dal, ei fol mawr yn gwthio allan o'r fest las fudr a wisgai. Estynnodd botel o win o'r cwpwrdd ac aileistedd yn swp trwm yn ei gadair. Llenwodd y gwydr bach seimllyd o'i flaen i'r top a chlecio'r cwbl cyn ei ail-lenwi'n syth. Pwysodd yn ôl yn ei gadair a llyfodd ei wefusau. Roedd yn syllu arna i.

'¿Estabais hablando de mi hermana?'

Taflodd Gwen olwg sydyn arna i. Brathais fy nhafod mewn dryswch. Hermana. Chwaer. Roedd o'n holi amdanat ti. Roedd y dirmyg yn ei lais yn amlwg.

'Sí,' atebodd Gwen gan osod ei chyllell a'i fforc yn ofalus ar ei phlât.

'Entonces, ¿eres la hija de Isabel?' gofynnodd José gan droi i ffwrdd o'i wraig a gwyro ymlaen ata i. 'Ma' 'na flynyddoedd ers i mi gael chwaer. Yn does, Gwen?' Sylwodd ar y syndod yn croesi fy wyneb wrth ei glywed yn siarad Cymraeg. 'O yndw, dwi'n siarad ac yn deall popeth,' dywedodd gan wenu. 'Amser maith yn ôl ro'n i mewn cariad, ti'n gweld.' Chwarddodd yn ddwfn wrth droi yn ôl at Gwen, nes iddo ddechrau pesychu.

'Déjala en paz. Gad iddi fod,' meddai Gwen gan ddechrau clirio'r platiau.

Tolltodd José wydraid arall o win iddo fo'i hun.

'Te digo, no va a poder ayudarnos.'

Gollyngodd Gwen y platiau'n blith draphlith yn y sinc.

'A faint o help wyt ti mewn gwirionedd, José?'

Chwifiodd yntau ei law i gyfeiriad Gwen. '¡Cállate!'

Roedd fy llwnc wedi mynd i deimlo'n sych eto. Codais i helpu Gwen i sychu llestri. Ro'n i'n teimlo fy hun yn gallu anadlu'n haws wrth bellhau oddi wrtho.

Diawliais y diffyg signal eto. Ro'n i'n ymwybodol yn fwyaf sydyn mai'r unig berson oedd yn gwybod fy mod i yma oedd Sia, ac roedd hi gannoedd ar gannoedd o gilometrau i ffwrdd.

Ti'n gryfach na ti'n ei feddwl, meddaist, dy lais yn falm oer yn fy nghlust. Codais y cadach sychu llestri oddi ar y cownter.

'Na, na, dos di i dy wely,' siarsiodd Gwen gan gymryd y cadach o fy nwylo. 'Gawn ni siarad am bethau yn y bore. Dim rŵan.'

'Na, mae'n iawn, wna i neud,' dywedais gan blymio fy nwylo i ganol dŵr berwedig y sinc.

O gornel fy llygad, sylwais ar José'n cilwenu a phwyso'n ôl yn ei gadair gan sipian ar y gwin coch. Roedd ei ddannedd wedi eu duo gyda'r sudd.

'Se ve muy débil. Mae hi'n edrych yn wan iawn.'

'Gad iddi fod, José,' meddai Gwen, ei llais yn dynn.

Roedd dŵr y sinc yn llosgi fy mysedd.

'¿Porqué has venido?' gofynnodd. Sylwais fod Gwen wedi stopio sgubo'r llawr i wrando.

'Pam 'mod i yma?' gofynnais yn ansicr.

Daria ti am wrthod siarad Sbaeneg efo fi. Roedd geiriau dy frawd yn fy ngwawdio, eu hymylon yn bigog ac yn anghyfarwydd.

Nodiodd José'n araf bach, ei lygaid yn disgleirio wrth i effaith y gwin gael gafael arno.

Cliriais fy ngwddf gan sychu fy nwylo ar fy nhrowsus. Troais o gwmpas i wynebu'r ddau. 'Dwi yma i ddysgu mwy am Isabel. I ddysgu am ei phlentyndod.' Edrychais draw at José wrth ddweud hyn gan drio peidio â gadael i fy llais grynu. 'Dwi isio tynnu lluniau o'r ardal, o'r fferm.'

'Dwi'n cymryd felly bod fy chwaer wedi marw?' gofynnodd wrth lwytho baco i'w sigarét a phwyso'n ôl yn ei gadair.

'Do. Bron i flwyddyn yn ôl.' Roedd Gwen yn llonydd erbyn hyn, ei chefn yn pwyso'n erbyn y cownter.

'A dwi'n cymryd na wnath Isabel erioed sôn amdanon ni, naddo?'

'Naddo,' cyfaddefais. 'Doedd gen i ddim syniad amdanoch chi hyd nes iddi sôn am deulu ar ei diwrnod olaf...'

'Teulu?' Gadawodd José i'r gair syrthio'n drwm rhyngom. Troais ato, fy nwylo'n diferu dŵr sebonog ar y teils.

Paid â gadael iddo fo gael y gorau ohonot ti, sibrydaist yn fy nghlust eto.

'Dwi'n barod i weithio tra dwi yma. Neud be dwi'n gallu i helpu,' dywedais gan sychu fy nwylo ar y cadach wrth fy ymyl.

Cododd José o'i gadair a cherddodd yn araf bach draw tuag ata i gan gario arogl chwys a baco gyda fo.

'Be'n union oeddet ti'n ei ddisgwyl yn dod yma? Croeso cynnes?'

'Jest mymryn o'r gwir amdani dwi isio. Dwi'n gwybod prin dim byd am ei hanes.'

'¿Y qué ganamos con esto?' Daeth ei wyneb yn nes byth, nes fy mod i'n gallu cyfri pob croendwll yn ei fochau llac.

'Sut dach chi'n elwa o hyn?' gofynnais gan dynhau fy nwylo o gwmpas y cadach sychu llestri. 'Dyna 'di'r cwestiwn?' gwiriais yn syn.

'Mae hi 'di dweud yn barod ei bod hi'n hapus i weithio tra'i bod hi yma,' meddai Gwen gan gamu'n nes at y ddau ohonom.

'¿Tienes dinero?'

'Arian?'

'Sí, dinero. ¿Entiendes?'

'Does gen i ddim byd i'w gynnig ond fi fy hun,' dywedais gan droi yn ôl at y sinc a throchi fy nwylo'n ôl yn y dŵr llwydaidd.

Roedd ei ffordd o syllu'n f'anesmwytho'n llwyr. Llyncais y panig i lawr fy ngwddf.

Hold it together, Cat.

'Dim digon da,' chwarddodd José gan sychu ei drwyn gyda'i lawes. 'Diolch ond dim diolch. Gracias pero no gracias.'

Yn sydyn, saethodd poen danbaid i fyny fy mraich. Ebychais mewn sioc a chodais fy mraich i weld gwaed yn tasgu allan o gledr fy llaw oedd wedi'i hollti gan y gyllell fara.

Rhegais yn uchel, yn methu credu'r llif o gochni o fy mlaen.

Crychodd wyneb José'n wên wrth fy ngweld. '¿Qué te dije? Es inútil.' Yn sydyn camodd ymlaen a gafaelodd yn fy ngarddwrn yn dynn gan wneud i lif y gwaed gyflymu a thwchu. Tasgodd y diferion i lawr fy mraich, nes bod ei fysedd yntau wedi eu staenio'n goch. 'Ydy gwaed yn dewach na dŵr? ¿Qué te parece?' Gwingais yn ei afael wrth drio rhyddhau fy hun ond ddywedais i ddim wrth i'w lygaid gyda'u rhimyn o goch chwyddo'n fwy byth. Rhuthrodd Gwen atom gan afael yn dynn yn llaw ei gŵr a thrio llacio ei fysedd o gwmpas fy ngarddwrn. Arhosodd y tri ohonom yn y cofleidiad anghyfforddus am ychydig eiliadau, ein hanadl yn cymysgu â'i gilydd. Yna'n fwyaf sydyn ochneidiodd José'n drwm fel petai wedi ei ddiflasu a thaflodd fy mraich am i lawr cyn llusgo ei hun yn ôl i'w gadair a thollti gwydraid arall o win iddo fo'i hun. Cymerodd Gwen fy llaw yn ei dwylo. Roedd ei chyffyrddiad yn dyner er bod ei chroen yn sych ac yn arw.

Cefais f'atgoffa ar unwaith am afael yn dy law di unwaith tra oeddet ti'n cysgu yn y sbyty. Roedd pob cymal, pob asgwrn i'w teimlo. Dwylo oedd wastad wedi cadw'n brysur bellach yn gorwedd yn llipa ar y gwely. Ro'n i'n cofio meddwl bryd hynny cyn lleied oedd y ddwy ohonom wedi dal dwylo. Methu'n lân â deall pam. Methu dod o hyd i'r geiriau i ofyn.

Dychwelodd fy meddwl yn ôl i'r stafell wrth i José daro ei law ar y bwrdd gan wneud i'r gwydrau grynu.

'¡No! Ella puede cuidarse sola.'

Anwybyddodd Gwen ei gŵr ac aeth ati i redeg dŵr tap dros fy llaw.

'¡No! Gad iddi edrych ar ôl ei hun,' cyfarthodd eto. Brathodd Gwen ei gwefus.

'Ma' 'na blasteri yn y stafell folchi. Dos, wna i orffen y llestri,' meddai Gwen gan wasgu fy mraich.

'Paid â dadbacio. Neith Gwen fynd â ti'n ôl i'r orsaf bore fory.' Taflodd José ei lais dros ei ysgwydd cyn tollti gwydraid arall o win iddo'i hun. Llithrais allan o'r gegin heb ddweud gair. Caeodd y drws tu ôl i mi a chlywais leisiau'r ddau yn codi'n ffrae wrth i mi gerdded yn araf at y stafell folchi ym mhen draw'r coridor. Syllais ar fy adlewyrchiad yng nghryndod golau gwyn y drych uwchben y sinc. Roedd cysgodion piws wedi ffurfio o dan fy llygaid a masgara deuddydd oed wedi llifo i lawr fy mochau gwelw. Edrychais i ffwrdd. Roedd diferion o waed yn staenio'r sinc. Agorais y tap stiff a golchi'r briw nes bod y dŵr yn llifo'n glir.

Anadlu. Anadlu. Anadlu.

Fflachiodd yr olygfa o flaen fy amrannau eto. Do'n i'n methu credu be oedd newydd ddigwydd. Lle'n union ro'n i 'di glanio?

Be oeddet ti'n ei ddisgwyl yn dod yma? meddai'r ferch yn y llun yn frathog wrth i mi ddychwelyd i'r stafell wely. Dy lais di oedd ganddi ynghanol y sêr. Roedd hyrddiadau dy chwerthin yn llenwi'r tŷ.

Isabel del Mar (1960–2025)
***Vagando* ('Crwydro'), 1971**
Sbaen
Dyfrlliw

A hithau'n ddim ond un ar ddeg oed, dyma un o'r esiamplau cynharaf o hunanbortreadau yn yr arddangosfa. Er i'r artist honni sawl gwaith yn ei llythyrau nad oedd yn hoff o hunanbortreadau, ceir dros 60 o esiamplau o fewn yr arddangosfa hon yn unig. Dywedodd mewn cofnod yn ei dyddiadur gwta ddwy flynedd cyn ei marwolaeth, 'Mae'n artaith dod i adnabod dy hun, bron yn waeth na byw gyda dieithryn.' Mae diddordeb yr artist mewn arbrofi gydag elfennau haniaethol yn dod i'r amlwg yma: gan ddibynnu ar le saif y gwyliwr, caiff ei hwyneb ei drosi'n fap o'r byd. Mae'r rhimyn o goch yn ychwanegu elfen sinistr at y darn, a daw hyn yn raddol yn nodweddiadol o'i gwaith.

alba

gwawr

Y noson honno, es i'r gwely gyda ffenest y llofft ar led. Roedd hi'n llonydd tu allan, heblaw am sŵn y geifr yn pori'r glaswellt bob hyn a hyn. Ro'n i'n tagu ar yr aer sych, aer pell o wlybaniaeth hallt y môr. Ciciais y gynfas i waelod y gwely a thynnais amdanaf yn gyfan gwbl, yn falch o gael diosg fy nillad isaf oedd yn drewi o chwys teithio. Roedd yr hollt wedi dechrau procio ac yng ngolau ariannaidd y lleuad roedd smotiau o waed wedi dechrau blodeuo ar y fatres wen. Tra gorweddwn rhwng cwsg ac effro daeth delweddau o José i aflonyddu arna i. Sleifiodd ei gysgod i mewn i'r stafell a thynhaodd ei ddwylo garw yn gwlwm lledr o gwmpas fy nhraed, fy nghluniau, fy mol, fy ngwddf. Caeais fy llygaid yn dynnach byth gan sibrwd gweddi o ffoc-offs i mewn i'r tywyllwch.

Cefais fy neffro'r bore wedyn gan sgrech aderyn yn treiddio trwy'r aer. Atseiniodd y sgrech ddwywaith eto, cyn i'r fferm ddychwelyd i'w stad o dawelwch a suo'r pryfed. Arhosais yn fy ngwely am sbel wedi hynny yn syllu ar y golau lliw lafant yn llifo trwy'r ffenest, yn falm cynnes ynghanol y dryswch. Codais fy llaw o flaen fy llygaid, roedd y briw o'r noson cynt wedi caledu'n grachen frown tywyll.

Be ddiawl oedd yn bod ar y boi?

Pwysodd pelen o siom ar fy mrest wrth imi gofio sgwrs a digwyddiadau'r noson cynt. Ro'n i wedi bod yn naïf yn meddwl y buasai yna groeso yma. Yn amlwg, roedd yna reswm i ti beidio sôn erioed am frawd na theulu. Ddim hyd nes i ti sgwennu'r cyfeiriad ar hances oedd wedi'i gadael wrth ochr dy wely yn y sbyty. Dyna oedd y tro olaf i mi dy weld di. Dy law yn ysgwyd gydag ymdrech pob llythyren, yr hances yn rhwygo mewn mannau wrth i'r pensil dorri trwodd. Roeddet ti wedi mynd erbyn y bore. Bore braf, effro, gwyrdd o wanwyn. Roedd hi'n od wedi'r holl oriau, dyddiau, misoedd o aros, fod y diwedd wedi cyrraedd mor sydyn. Ddywedais i ddim byd wrth adael y tro olaf hwnnw. Sleifiais o'r sbyty wrth i dy anadl drymhau a dy lygaid gau mewn cryndod, yn teimlo rhyddhad wrth gamu allan o'r arogl trwchus o bleach, llysiau wedi eu berwi a chyrff gweinion. Oeddet ti'n gwybod mai dyma oedd y tro olaf y buasem ni'n gweld ein gilydd? Y bore wedyn, roedd croen fel cwyr a dwylo iasol wedi cymryd dy le. Wrth weld y corff llonydd, estynnais am fy nghamera.

Clic.

Teimlais bigiad o gywilydd ar ôl gwneud. Ond buaswn i'n dychwelyd at y llun o bryd i'w gilydd, y ddelwedd yn ergyd bob tro. Yno i f'atgoffa dy fod ti wirioneddol wedi mynd, nad oeddet ti am ddod yn ôl y tro hwn.

Codais o'r gwely a gwisgo amdanaf yn sydyn gan roi'r camera o gwmpas fy ngwddf. Edrychais arnaf fy hun yn y drych. Roedd fy wyneb bach yn fwy effro'r bore 'ma, a mymryn o liw wedi dychwelyd i fy mochau. Clymais fy ngwallt mewn byn ar dop fy mhen a phigo'r gramen o gwsg oedd wedi ffurfio o gwmpas fy llygaid. Roedd fy wyneb yn brin o ddiffiniad clir esgyrn dy fochau a dy aeliau uchel a thrwchus, ond fe ges i fflach ohonot ti, rhyw awgrym o dy gryfder yn pefrio.

Cer amdani, Cat, dywedaist yn dawel, dy lais yn awelu trwy'r ffenest.

Showtime.

Roedd Gwen yn y gegin yn barod. Cododd arogl llaethog gydag awgrym o sinamon o'r sosban o uwd o'i blaen. Trodd ata i ac estyn bowlen gynnes heb ddweud gair. Ofynnodd hi ddim am fy llaw, er iddi edrych sawl gwaith ar y rhwymyn blêr ro'n i wedi'i lapio o'i chwmpas.

'Mae'n ddrwg gen i am ... am neithiwr ...' dywedodd gan eistedd i lawr a tharo blaenau ei bysedd ar y bwrdd pren un ar ôl y llall. Roedd cylch o win wedi staenio'r pren ers y noson cynt. 'Dwi'n dychmygu nad oes gennyt ti fawr o awydd aros yma rŵan ond does dim bysiau i Sevilla yn rhedeg ar ddyddiau Sul. Y cynharaf elli di adael ydy bore fory.'

'Dwi dal eisiau aros ...' Daeth y geiriau allan yn fwy emosiynol nag yr oeddwn wedi ei ddisgwyl. Gosodais fy nwylo o gwmpas y fowlen gynnes, y gwres yn teimlo'n braf yn erbyn y briw.

'Dwi ddim yn siŵr ydy hynny'n beth doeth. A dweud y gwir, wnes i ddeffro bore 'ma'n meddwl efallai fod o am y gorau, nad wyt ti gyda ni'n rhy hir.'

Llosgodd yr uwd blaen fy nhafod gan wneud i fy llygaid ddyfrio wrth i mi lyncu'r belen boeth o geirch. 'Gwen? Plis ga i aros?' Daeth y geiriau allan yn un ffrwd. Diawliais fy llais am droi mor bitw, mor blincin druenus. Byse llais Sia wedi aros yn ddwfn, yn daranol. Ei hawdurdod bob tro'n llenwi'r stafell. God, ro'n i'n gweld 'i heisiau hi.

Roedd Gwen yn edrych allan drwy'r ffenest, ei meddwl yn bell a'i hateb tu hwnt i 'ngafael. Roedd ei llygaid wedi eu hoelio ar rywbeth heibio ffiniau'r fferm, fel petai'n gallu gweld ymhell heibio golau'r haul.

'Doeddet ti heb sôn fy mod i'n dod. Wrth José.' Ceisiais eto gan dynnu fy nghadair at y bwrdd.

'Nac o'n,' atebodd yn syml, yn troi'n ôl i edrych yn syth ata i. Sylwais ar y talch o ias yn ei llygaid.

'Pam wnest ti ateb fy llythyr yn dweud wrtha i i ddod 'ta?'

Oedodd am guriad, ac yna mewn llais undonog dywedodd, 'Ro'n i eisiau dy weld di, unwaith o leia. Hunanol braidd, a dweud y gwir.' Gwenodd a chodi ei sgwyddau. 'Dwi'n dod i ddeall yn fy henaint fod rhaid bod yn hunanol o bryd i'w gilydd.'

'Oeddet ti'n gwybod amdana i, felly? Cyn i ti dderbyn y llythyr?'

Cododd o'i chadair gan glirio'r platiau o'i blaen a'u gollwng yn y sinc gyda chlep.

'Mae'n rhaid i ti ddeall ...' dechreuodd, cyn croesi ei breichiau a chlirio ei gwddf. 'Ro'n i a dy fam yn ffrindiau am flynyddoedd.' Arhosodd ar ei thraed, ei chefn yn pwyso'n erbyn y wal. 'Wnaethon ni gwrdd yn Madrid. Anodd credu rŵan. A dyma ni'n deall ein gilydd o'r dechrau un. Roedd rhywbeth am Isabel, rhyw fflach yn ei llygaid. Roedd hi'n gwybod yn union sut i neud i ti chwerthin, hyd yn oed pan oeddet ti ar dy waethaf. Hyd yn oed pan oedd hi ar ei gwaethaf.'

Meddyliais am dy lygaid dwl yn crynu yng ngolau gwyn gorlachar y sbyty.

'Madrid? Wnaeth hi erioed sôn.' Daeth y teimlad o rwystredigaeth yn ei ôl i fy mygu. Ro'n i'n gwybod cyn lleied amdanat ti mewn gwirionedd. Yn ifanc, mi fuaswn i'n dy holi'n ddi-baid ac mi fuaset ti'n rhannu pob math o hanesion lliwgar am fywyd yn y syrcas, blynyddoedd o hwylio o gwmpas y byd, anturiaethau'n crwydro coedwig law yr Amazon. Erbyn i mi fod yn ddigon hen i ddeall mai dim ond straeon oedden nhw, dechreuais dy weld o'r newydd. Dy gorff blinedig yn disgyn yn swp ar y soffa ar ôl gorffen shifft hir yn y caffi, dy ddwylo sych, dy ewinedd wedi eu cnoi'n ddim, dy dawelwch wrth i ti ddiflannu i'r llofft sbâr am oriau i beintio. Stopiais holi, ac yna heb i mi wir sylweddoli, tawodd y siarad rhyngom ni'n dwy'n llwyr.

'Roedd rheiny'n ddyddiau gwyllt. Blêr, a dweud y gwir. Roedd dy fam a finnau'n ifanc, yn mwynhau. Roedd hi'n trio gwneud bywoliaeth fel artist, finnau'n gweithio mewn pob math o westai a chlybiau nos.' Ysgydwodd ei phen cyn troi'n ôl at y sinc ac yna'n ôl ata i'n sydyn. Cerddodd at y ddesg fechan yng nghornel bella'r stafell ac estynnodd am amlen ag ymylon wedi eu rhwygo'n fflwch meddal. Gwthiodd ei llaw i mewn i'r amlen yn ofalus, fel petai'r cynnwys wedi'i wneud o wydr brau. 'Dyma ti,' dywedodd wrth wthio pentwr o luniau o dan fy nhrwyn a dychwelyd at y sinc. Roedd y lluniau'n gymysgedd o rai du a gwyn a rhai lliwiau llachar. Lluniau o fandiau pync gyda gwalltiau mawr, grwpiau o bobl gyda chadwyni tynn o gwmpas eu gyddfau, siacedi lledr, colur tywyll, stumiau pryfoclyd, cnawd, cwrw, fishnets. 'Gwen, ma' rhein yn wych,' dywedais yn llawn edmygedd. 'Ti dynnodd nhw?'

'Ia, amser maith yn ôl. Ro'n i'n rhyw fath o gadw cofnod. Fel petawn i'n gwybod y buaswn eisiau cofio'n ôl ryw dro.'

'Ma' nhw mor llawn o egni. Llawn cymeriad,' dywedais wrth ymgolli ynddynt. I ble aeth y ferch ddi-ofn hon? meddyliais wrth sbecian ar Gwen gyda'i dwylo'n y sinc unwaith eto. Ei hosgo'n llydan ond yn gefngrwm. Ei dillad yn llac ac yn fudr, ei llais yn fud.

'Yn ystod y cyfnod hwnnw wnest ti gwrdd â José, felly?' Pwysais ymlaen eto wrth holi ymhellach.

Rhewodd ei sgwyddau wrth fy nghlywed ac arhosodd yn dawel, yn canolbwyntio ar y plât yn ei llaw.

'Sori, dwi ddim yn trio busnesu, jest yn trio deall,' dywedais gan deimlo'r awyrgylch yn y stafell yn newid. Roedd hi tu hwnt i 'ngafael eto, wedi cau'r drws a'i roi dan glo.

'Dwi'n meddwl bod hynny'n ddigon o hel atgofion, a dweud y gwir,' meddai gan gadw ei chefn wedi ei droi ata i. Sychodd ei thrwyn gyda'i braich.

'Be alla i neud i berswadio chi'ch dau i adael i mi aros?' gofynnais gan godi o fy nghadair a chamu'n agosach ati.

Ysgydwodd Gwen ei phen a throdd yn ôl i fy wynebu. Llyfnodd ei sgert hir gotwm gyda chledrau ei dwylo. 'Sori na allwn ni dy helpu di. Wir yr. Sori nad ydyn ni fel oeddet ti wedi ei ddisgwyl. Ond mae'n well fel hyn, dwi'n meddwl. Ddrwg gen i fy mod i wedi dweud wrthat ti i ddod yr holl ffordd, a dweud y gwir.'

'Gad i mi helpu heddiw 'ta, cyn gadael,' dywedais gan edrych allan i'r buarth trwy'r ffenest. Roedd hi newydd godi'n fore a'r byd tu allan yn deffro.

Oedodd Gwen ryw fymryn cyn codi ar ei thraed a nodio. 'Mae angen hel bwyd i'r moch,' meddai wrth estyn cyllell fechan finiog, bwced a menyg o dan y sinc. 'Tu ôl i'r tŷ mae 'na gae o gactws tal, fflat gyda ffrwyth piws-melyn llachar yn tyfu o ben pob cangen. Llenwa ryw bedwar bwced gyda'r ffrwyth. Mae'r moch yn y cae drws nesaf.' Pwyntiodd at ben pella'r tŷ. 'Well i ti fynd ati, ma' nhw'n mynd yn flin os ydy brecwast yn cyrraedd yn hwyr.'

Dechreuodd glirio'r bwrdd gan roi'r lluniau i'w cadw yn ôl yn yr amlen, y sêl wedi hen wisgo ar ôl blynyddoedd o'i byseddu. Oedodd i syllu ar un o'r lluniau am ennyd yn hirach. Roedd hi i'w gweld wedi anghofio fy mod i yno, ei chorff llonydd wedi ei oleuo gan haul y bore hyd nes iddi edrych i fyny a syllu'n syth ata i. Llosgodd fflam yn ei llygaid. Roedd y neges yn glir er na ddywedodd hi'r geiriau.

Dwi'n dal yma. Creda fi, dwi'n dal yma.

espinas
drain

Camais allan i oleuni boreol y finca, yn ei weld o'r newydd. Roedd y tŷ wedi ei amgylchynu gan fryniau gyda rhesi o goed yn ymestyn allan hyd at y gorwel. Doedd yr un tŷ arall o fewn golwg. Anadlais y llwch, y paill a'r haul yn ddwfn i mewn i fy ysgyfaint. Roedd gen i heddiw o leiaf. Diwrnod i brofi fy hun. Diwrnod i smalio fy mod i'n gwybod rhywbeth am waith fferm. Meddyliais am Sia a beth fuasai ei hymateb hi petai'n fy ngweld rŵan. Ers pryd ffwc mae moch yn bwyta ffrwyth cactws beth bynnag?

Clic.

Tynnais lun o'r hen dractor rhydlyd yn syrthio'n ddarnau o fy mlaen. Rhywle uwch fy mhen roedd cân aderyn yn croesawu'r bore. Doedd gen i ddim unrhyw glem pa fath o aderyn oedd o. Sylwais ar y llwyn gerllaw i mi oedd yn drwm gydag aeron melyn llachar, diferion o heulwen yn tasgu trwyddynt. Roedd y tyfiant yn teimlo'n gwbl estron hefyd. Cerddais at y cae roedd Gwen wedi sôn amdano. Roedd y faneg yn gwrthod ffitio dros y rhwymyn o gwmpas fy llaw. Fflachiodd llygaid gwyrdd-felyn José o fy mlaen eto.

Dim gobaith gadael iddo gael y gorau ohona i.

Dechreuais hacio'r planhigyn gyda brwdfrydedd o'r

newydd. Ond ro'n i'n drwsgl wrth fynd ati gyda'r gwaith. Crynodd fy nghyhyrau fwyfwy wrth i mi ymestyn i hel y ffrwythau aeddfed o dopiau'r cactws fflat a chrwn. Gwichiodd fy anadl a thynhaodd fy mrest yn gwlwm. 'Se ve muy débil.' Mae hi'n edrych yn wan iawn.

Joder.

Taniais sigarét a gwingais gyda llosg y pigiadau bychain oedd wedi plannu eu hunain yn fy llaw. Roedd o'n amlwg yn cuddio rhywbeth. Pam arall fuasai fo wedi mynd o'i go' fel 'na? Arhosais yn llonydd am ennyd, er i fy meddwl barhau i hisian gyda phrysurdeb. Wrth ddiffodd y sigarét ar y graig wrth f'ymyl, daeth José i'r golwg yn y pellter gyda chi mawr llwyd wrth ei sawdl. Roedd o'n brasgamu i lawr y llwybr, ei sgwyddau llydan yn sgwario o un ochr i'r llall. Roedd ffigwr arall yn dod i'w gwrdd, dyn main gyda het wellt ar ei ben. Wynebodd y ddau ei gilydd ac oedi rhyw fymryn cyn i'r dyn gyda'r het wellt osod ei law ar ysgwydd José. Arhosodd y ddau'n llonydd am ychydig funudau. Dwy ddelw mewn osgo anghyfforddus.

Tynnais sawl llun o'r ddau, eu cyrff wedi eu troi'n ddibwys o fach ynghanol ehangder y tirwedd. Yn sydyn, gwthiodd José law y dyn oddi ar ei ysgwydd a stompiodd yn ôl i gyfeiriad y tŷ gan godi cwmwl o lwch ar ei ôl. Arhosodd y dieithryn yn ei unfan am sbel cyn crymu ei sgwyddau a dychwelyd ar hyd yr un llwybr gan ysgwyd ei ben. Cyfarthodd y ci hyd nes i'r dyn ddringo'n ôl i mewn i'w 4x4 a gyrru'n ôl ar hyd y ffordd garegog cyn diflannu.

Pwy ddiawl oedd y boi arall 'ma? Crychodd fy nhalcen mewn dryswch.

Be ti'n feddwl ti'n ei weld? gofynnaist gan lapio dy hun o fy nghwmpas.

Unigedd.

Rhaid i ti ddadorchuddio'r gwreiddiau, gadael iddynt anadlu ryw fymryn, dywedaist cyn dechrau chwerthin yn dawel.

Gorffennais lenwi'r pedwar bwced gyda'r ffrwyth pigog ac es i draw at y ffens bren simsan, llawn bylchau ym mhen arall y buarth. Twll mawr oedd yno gyda chwe mochyn blewog yn ymdrochi yn y baw ar y gwaelod. Dyma'r chwech ohonyn nhw'n cyffroi a chychwyn sochian yn awchus wrth fy ngweld. Tolltais y ffrwyth i'r twll a dechreuodd y chwech wthio'r naill yn erbyn y llall gyda nerth eu cyrff yn taro a siglo yn erbyn ei gilydd. Dechreuais innau chwerthin yn dawel wedyn o flaen y fath olygfa. Smaliais daflu mwy atynt, a mwynhau gweld eu rhwystredigaeth wrth sylweddoli nad oedd unrhyw beth yn glanio ar eu pennau. Martsiodd Gwen rownd y gornel a sythais fy nghefn. Roedd cefn ei sandals lledr du wedi eu gwisgo'n dyllau a hem ei sgert laes wedi'i liwio'n frown gyda'r pridd llychlyd.

'Mi ddangosa i'r geifr i ti rŵan,' meddai gan gerddded heibio a phrin arafu.

Roedd cwt y geifr yn pwyso'n erbyn wal gefn y tŷ, yr hanner pellaf yn syrthio'n adfail a gwair sych yn poeri'n flêr o'r tyllau yn ogystal ag eiddew gwyrdd tywyll yn tyfu'n wythiennau ar hyd y wal. Cynhesodd wyneb Gwen yn wên wrth iddi osod ei llaw ar gefn un o'r anifeiliaid.

'Ma' nhw'n gallu cymryd bach o amser i arfer gyda phobl newydd.'

Roedd hynny'n wir. Roedd y geifr i gyd yn cadw draw ac yn heidio o'i chwmpas hi. Mentrais yn agosach at un o'r rhai lleiaf. Estynnais law i gyffwrdd y blew gwyn rhwng ei lygaid duon. Roedd yn gynnes ac yn seimllyd o dan fy ngafael. Arhosodd yno am eiliad cyn brefu'n gras a sboncian i gefn y cwt.

‘Dwi’n hoffi nhw,’ dywedais yn dawel gan barhau i syllu i lygaid yr anifail ifanc.

‘Ma’ nhw’n greaduriaid ffyddlon unwaith y dôn nhw i d’adnabod,’ atebodd gan gydio mewn brwsh llawr a dechrau sgubo. Pwysodd ar y brwsh am eiliad a sefyll yn stond. ‘Dydy José byth yn dod i mewn i’r cwt ’ma, gyda llaw,’ dywedodd, gan edrych arna i mewn ffordd a awgrymai ystyr dyfnach. Ac yna’n sydyn gollyngodd afael ar y brwsh ac meddai, ‘Tyrd, ma’ ’na fwy o waith i’w wneud,’ a chefais fy nhynnu’n ôl i mewn i’r buarth.

sombras

cysgodion

Diflannodd y bore ynghanol prysurdeb o fwydo, tacluso, sgubo a thocio. Erbyn canol dydd roedd y gwres ar ei anterth ac roedd hi bron yn amhosib symud heb deimlo'n benysgafn. Es i i guddio o dan gysgod y goeden ffigys yn y buarth o flaen y tŷ.

Ella fy mod i'n muy débil wedi'r cwbl.

Tynnais fy sgidiau a'r sanau llaith, gan straffaglu gyda'r criau, a chladdais fy nhraed yn y tir llychlyd, cynnes. Llenwodd y bylchau rhwng fy modiau gyda'r gronynnau o bridd. Roedd patrymau cysgodion y dail yn aflonyddu fy nghroen. Roedd popeth am y finca yn teimlo'n anghyfarwydd. Mor bell o Gaerdydd ac anhrefn lwydaidd Cowbridge Road East a gwyrddni parciau'r ddinas. Mor bell o ddoe a chynt. Dechreuodd fy llygaid deimlo'n drwm a chiliodd y coed tu ôl i'r sêr oren a melyn oedd yn chwyrlïo o flaen fy amrannau.

Coda, Cat! Llenwodd dy lais fy nghlustiau. *Coda!* sibrydaist eto.

Gwthiais fy nhraed yn ddyfnach i'r llwch a dechreuais rwygo'r ddeilen sych yn fy llaw yn fân, yn gadael i fi fy hun gael fy nhynnu i mewn i gwsg ysbeidiol.

Coda, Cat! atseiniodd dy lais eto, ond yn bellach y tro hwn.

Pwysais yn ôl nes bod cefn fy mhen yn gwyro'n erbyn y llawr. Dechreuodd fy nghroen gosi o dan gyffyrddiad y nyth morgrug o dan fy nhraed. Llaciodd cyhyrau fy sgwyddau, fy mreichiau, fy nghoesau, fy nhraed, fy nwylo. Ro'n i'n arnofio, yn cael fy nghario i dopiau'r bryniau o 'nghwmpas, fy nwylo yn lled-gyffwrdd canghennau pigog y coed a meddalwch trwchus y dail. Ro'n i'n hedfan yn bellach ac yn bellach i ffwrdd, nes i mi glywed symudiad tu ôl i mi. Sŵn crafu. Agorais fy llygaid yn araf bach. Roedd smotiau meddal o heulwen yn tywynnu trwy ganghennau'r coed ac yna o nunlle, ymddangosodd dwy lygad felen o fy mlaen.

'Piss off!' ebychais mewn ofn gan wneud i'r ci ddechrau cyfarth nerth ei ben. Troais i orwedd ar fy mol er mwyn gallu ei weld yn well. Roedd ei flewiach gwrychog yn hir a dail a brigau wedi eu clymu iddo. Fflachiodd ei ddannedd melyn a'r cnawd gwyn o'u cwmpas a phlygodd ei goesau cefn yn araf, ei gyhyrau'n dynn gyda thensiwn. Arhosodd y ddau ohonon ni yno, ein hanadlu'n arafu.

Paid â bod ofn, Cat, daeth dy lais i gosi fy nghlustiau eto.

Yn araf bach, estynnais fy llaw tuag at y ci nes bod fy mysedd yn cydio yn ei flew. Codais ar fy mhengliniau a daeth y ci'n agosach gam wrth gam, ei gorff yn ymlacio. Pwysais fy nwylo'n ddyfnach i mewn i'w flew gan anwesu ei ben. Yn betrusgar, yn amheus, pwysodd ei gorff trwm yn fy nghôl gan wneud i mi siglo'n ôl i'r llawr.

Wrth i'n hanadlu arafu fwy byth, teimlais ein calonnau'n cydguro. Cymerais ei wyneb blewog yn fy nwylo, ein trwynau bron â chyffwrdd.

'Be mae'r ddau ohonan ni'n neud yma, mêt?'

Trodd ei ben i'r ochr. Dechreuais fwmial canu'n dawel i fi fy hun, fy ngwefusau'n dynn ar gau a'r alaw yn cosi fy nhafod. Cymerodd hi sbel i mi sylweddoli fy mod i'n canu un o dy ganeuon di. Roeddet ti'n arfer ei chanu wrth dy waith, dy freichiau a dy ffedog wedi eu gorchuddio â haeanau o baent a dy wallt yn nyth blêr ar dop dy ben. Dim ond yr alaw oedd gen i bellach, roedd y geiriau Sbaeneg wedi hen ddiflannu. Llyncais y gân yn ôl i lawr fy ngwddf a chodi ar fy nhraed gan gymryd brigyn oddi ar y llawr ac amlinellu cylch o fy nghwmpas. Eisteddodd y ci am i fyny, ei dafod yn hongian allan o'i geg mewn cyffro. Dechreuodd fy nhraed stompian i guriad y gân.

Pat-at-at-at-at.

Codais y brigyn uwch fy mhen, yn barod i'w daflu'n bell i'r cae drws nesaf, pan glywais lais José'n y pellter.

'¡Milo!' gwaeddodd yn sarrug cyn i'w ffigwr ymddangos yn amlinelliad tywyll yn erbyn yr haul. Safodd yn stond, ffon yn ei law. Syrthiodd fy mraich yn ôl at fy ochr a glaniodd y brigyn ar y llawr yn llipa. Chwibanodd José a bowndiodd Milo tuag ato. Lapiais fy mreichiau o fy nghwmpas, yn drist o weld ffyddlondeb y ci i José. Clymodd yntau ei fysedd ym mlew Milo a'i dynnu'n ôl tu ôl i'w goesau.

'Buenos días,' dywedais trwy fy nannedd. Nodiodd mewn ymateb, yn parhau i sefyll yno heb ddim gair. Tyfodd y tawelwch rhyngom yn fwyfwy anghyfforddus. Cliriodd ei wddf fel petai am ddweud rhywbeth.

'Mae Gwen wedi rhoi gwybod nad oes bws yn ôl i Sevilla tan fory,' dywedais cyn iddo gael cyfle i agor ei geg. 'Ond mi fyswn i'n hoffi aros yn hirach. Mi fyswn i'n hoffi gofyn i chi newid eich meddwl,' ychwanegais gan synnu ataf fi fy hun 'mod i'n siarad mor hyderus ag o.

Symudodd ei bwysau o un droed i'r llall.

'¿Qué estabas cantando recién? Be oeddet ti'n ganu jest nawr?' gofynnodd gan gicio ei sodlau, yn gwrthod edrych arna i'n iawn.

'Cân roedd Mam yn arfer ei chanu.'

Nodiodd yn araf gan groesi a dadgroesi ei freichiau. Sbeciodd ar fy llaw gyda'r rhwymyn oedd yn pwyso ar y glaswellt wrth ei ymyl cyn sibrwd, 'Entonces Isabel está muerta.'

'Sí. Farwodd hi bron i flwyddyn yn ôl.' Arhosodd ei lygaid ar gau am ennyd.

'Pero el arte nunca muere, ¿no?' gofynnodd gan wenu ac amlygu ei ddannedd oedd wedi eu staenio'n frown.

'El arte nunca muere,' ailadroddais yn araf. Dydy celf byth yn marw. Gwenais wrth ddychmygu dy ymateb i hynny. Mi faset ti'n anghytuno'n frwd ac yn dweud mai dros dro mae popeth. Roeddet ti'n aml yn peintio dros dy luniau, haen ar ôl haen o gelf, yr un canfas byth yn aros yn llonydd yn hir. Mi fuasai dy fochau wastad yn troi'n binc llachar wrth ddechrau ar ddarn newydd o waith, fel petai plentyn wedi tynnu llun ohonot ti. Dy gyffro'n heintus. Y dechrau oedd y darn roeddet ti wir yn ei garu. Wedi'r cwbl, roedd y posibiliadau'n ddiderfyn ar y pwynt hwnnw.

'Dwi'n meddwl bod Mam yn arfer creu jest er mwyn hi ei hun,' dywedais o'r diwedd. Dim ond Milo'n anadlu'n drwm oedd i'w glywed bellach wrth iddo ddiogi'n y gwres.

Camodd José'n agosach a chwythu'r mwg i fy wyneb. Gwingais wrth i fy llygaid ddechrau llosgi.

'Roedd hi'n bitsh hunanol. A ti'r un fath, wyt?'

Roedd ei eiriau'n ergyd newydd i mi.

'Mae'r bws yn gadael ben bore,' meddai cyn taflu ei sigarét ar y llawr a sathru arno gyda'i esgid drom. Trodd ar ei sawdl a diflannu i'r coed gyda Milo'n ei ddilyn yn glòs. Yn y pellter, sgrechiodd aderyn eto cyn tawelu a fy ngadael yn llonydd o dan grafangau cysgodion y goeden ffigys.

Isabel del Mar (1960–2025)
Las almendras **('Yr almonau'), 1975**
Andalusia
Paent olew

Yn bymtheg mlwydd oed, creodd yr artist y darlun hwn o goed almon. Roedd y coed yn elfen allweddol o'i magwraeth, yn rhan annatod o fywoliaeth y teulu, ac yn gysylltiad uniongyrchol gyda chenedlaethau cynt. Mae'n bosib mai'r ymwybyddiaeth hon o ehangder amser a gyfleir yma, gyda gwreiddiau'r coed yn tyfu'n ddwfn o dan y pridd rhuddgoch. Ceir naws felancolaidd i'r darn: er iddi'n amlwg gael ei swyno gan dwf a phŵer natur, tueddai'r artist at nihiliaeth a dioddefai o iselder ysbryd.

el grito

y sgrech

Cefais fy neffro gan sŵn gweiddi ac yna cyfarth gwyllt. Taflais y cynfasau oddi arna i, fy meddwl ar ddi-hun ar unwaith, a cherdded tuag at y ffenest i wthio fy mhen i ganol dryswch y nos. Roedd y cyfarth yn dod o'r cae cyfagos. Agorodd a chaeodd rhyw ddrws yn y coridor a chlywais sŵn traed yn mynd heibio fy stafell wely. Gwisgais grys llac amdana i ac es allan i weld be ddiawl oedd yn mynd ymlaen. Yng ngolau gwan y gegin, roedd Gwen yn sefyll yn droednoeth mewn pâr o siorts llac a chrys llaes, ei gwallt gwyn hir yn rhaeadr i lawr ei chefn. Yr eiliad honno, roedd naws arallfydol o'i chwmpas.

'Be sy 'di digwydd?' gofynnais. Roedd y sŵn cyfarth yn troi'n fwyfwy gwyllt. 'Milo 'di o?'

'Ia, ma' 'na rywbeth o'i le. Dydy José ddim yma,' atebodd yn swta gan wisgo ei sandals lledr am ei thraed.

Gwisgais innau fy sgidiau trwm a'i dilyn i'r buarth. Roedd yr awyr yn ymestyn yn ehangder enfawr digwmwl uwch ein pennau, yn frith o sêr yn wincian bob un yn eu tro. Cawsom ein tynnu tuag at sŵn y cyfarth. Doedd fawr o olau lleuad i amlygu'r llwybr, ac ro'n i wedi anghofio fy ffôn yn y llofft, felly dilynais Gwen o agos, fy sgidiau'n camu yn olion ei thraed. Roedd hi'n amlwg wedi hen arfer gyda'r ffordd. Yn y pellter, roedd silwét llawn cynnwrf Milo i'w weld yn rhedeg mewn cylch o amgylch rhywbeth, y brys a'r braw yn ei lais yn amlwg. Roedd Gwen ar y llaw arall yn cadw'n dawel.

Classic.

Cyrhaeddom y twll mawr lle ro'n i wedi bwydo'r moch yn gynharach y diwrnod hwnnw. Roedd y moch eu hunain wedi cael eu llusgo i fyny ramp a'u symud i gwt yn ystod y prynhawn, ond roedd arogl eu cyrff yn dal yn drwchus yn yr aer. Neidiodd Milo at Gwen yn syth wrth ei gweld a dechreuodd dynnu ar ei llawes gyda'i ddannedd.

¿Qué pasa?

Pwysom yn erbyn y ffens ac edrych i lawr a gweld siâp crwm yn aflonyddu a gwingo.

'José?' gofynnodd Gwen gan bwyso ymhellach dros y ffens.

'Gwen?' Roedd ei lais yn swnio'n wan, yn iau rywsut.

'Ti 'di brifo?'

'Me caí. Me lastimé la pierna.' Pierna – coes? Gwibiodd fy meddwl i geisio dilyn y sgwrs. 'Dwi'n methu symud,' grwgnachodd eto mewn poen.

'Rhaid inni'i helpu fo fyny,' datganodd Gwen yn ddiemosiwn. 'Dos i nôl yr ystol o'r cwt,' gorchmynnodd. Cool head go iawn. Rhedais yn ôl drwy'r cae, y sefyllfa'n teimlo'n gwbl swreal. Baglais dros y creigiau cudd yn y llwybr a chrafais fy nghoes yn erbyn drws y cwt wrth i mi ruthro i ddadfachu'r ystol o'r wal. Erbyn i mi ddod yn ôl, roedd Gwen wedi penlinio ar y llawr ac yn gwneud ei gorau i dawelu Milo.

Straffaglais i osod traed yr ystol yn ofalus ar y gwair yng ngwaelod y twll.

'Dwi'n methu symud ar ben fy hun. Fydd raid ... fydd raid i un ohonoch chi ddod i fy nôl,' ochneidiodd.

'Alla i'm mynd,' meddai Gwen gan droi ata i. 'Mae fy mraich yn rhy stiff. Fydd raid i ti neud,' dywedodd fel petai'r peth yn gwbl amlwg.

'Be? Fi?' gofynnais yn syn. Be'n union oedd hi'n disgwyl i mi wneud?

'Wel, pwy arall?' atebodd yn ddiamynedd. Griddfanodd José wrth iddo drio llusgo ei hun am i fyny.

Joder.

Gostyngais fy hun i lawr, fy mol yn gwegian wrth i fy nhraed chwilio am ris nesaf yr ystol yn y tywyllwch.

Byse Sia'n edrych arna i'n hurt petai hi yma. Be ti'n neud, yr idiyt? fysa hi'n gofyn gan chwerthin dros y lle. Ni puta idea, Sia. Dim ffwcin clem.

Gollyngais ochenaid o ryddhad wrth lanio ar dir solet. Gan bwyll bach, camais yn agosach at José a chyffwrdd ei ysgwydd. Cwynodd eto na allai sefyll.

'Fydd raid i ti roi dy bwysau arna i,' eglurais.

Trodd ei ben o gwmpas i syllu arna i, ei lygaid yn disgleirio yng ngolau'r lleuad. Roedd o'n amlwg yn casáu'r syniad.

'Dwi ddim yn meddwl bo' gen ti fawr o ddewis oni bai dy fod ti eisiau treulio gweddill y noson yma,' meddwn. Roedd y demtasiwn i'w adael yn y fan a'r lle yn fawr. Pam ddylwn i helpu?

Brathodd tu mewn i'w fochau a nodiodd ei ben yn araf wrth i'w gorff ymlacio ychydig. Deallais mai dyma oedd ei ffordd o ildio i'r sefyllfa. Gan brotestio a grwgnach, fe ganiataodd i mi lithro fy mraich o dan ei ysgwydd. Synnais wrth deimlo bod ei groen yn llac a'i gorff yn fwy esgyrnog nag oeddwn i wedi'i ddisgwyl. Yn araf, cododd ei hun i fyny gan roi ei holl bwysau ar un goes. Baglodd y ddau ohonom tuag at yr ystol, pob cam yn amlwg yn ergyd o boen iddo. Roedd yr agosrwydd at ein gilydd yn anghyfforddus, yr un ohonon ni'n fodlon edrych ar ein gilydd. Roedd o'n amlwg yn trio anwybyddu'r ffaith fy mod i yno o gwbl. Pan gyrhaeddon ni'r ystol, baglodd yn lletchwith fel ei fod yn dringo o fy mlaen.

'Mi fydd raid i ti ... elli di fy nal o'r tu ôl?' gofynnodd yn anghysurus. Cytunais yn dawel. Roedd y siwrnai yn ôl i'r top yn un hir, pob modfedd yn ymdrech fawr. Erbyn i ni gyrraedd y ris olaf o'r diwedd, roedd anadl José dan straen a'i groen yn slic gyda chwys. Cafodd ei lusgo gan Gwen i fyny o'r ystol ac fe orweddodd ar wastad ei gefn yn syllu i fyny tuag at y frithlen o sêr. Aeth Gwen ato'n syth a gwyro drosto. Am eiliad, meddyliais ei bod am ei gusanu. Oedodd, ac yna rhoddodd sgwd hegr iddo.

'Be o'ddat ti'n neud? Allan ben dy hun gefn nos!' Roedd hi'n amlwg yn flin, ond mi oedd elfen o banig yn rhwygo ymylon ei llais. Oedd hi wir wedi bod yn poeni? Roedd hi fel petai'r ddau wedi anghofio amdana i'n barod, dim gair o ddiolch gan 'run ohonynt. Syrthiais ar fy mhen-ôl gan dynnu Milo ata i a chladdu fy wyneb yn ei flewiach. Teimlais fy nghalon yn arafu'n raddol wrth i mi roi mwythau ysgafn iddo.

'Ro'dd rhaid trwsio'r ffens. Do'n i methu cysgu,' eglurodd a'i lais yn anadliadau byrion.

'¡Qué tonto! Dyn gwirion,' twt-twtiodd Gwen gan ddatgelu croen ei goes mewn un symudiad didostur. Rhegodd José gan gnewian. Roedd clwyf mawr ar ei goes a'i ffêr wedi chwyddo'n swigen dywyll yn barod.

'Mae'n edrych yn ddrwg,' dywedodd Gwen yn blwmp ac yn blaen gan fyseddu'r cnawd yn ofalus.

'Fydda i'n iawn erbyn fory,' meddai gan geisio gwthio ei hun i fyny ac ailorchuddio ei goes.

'Na, José. Bydd raid iti orffwys,' meddai gan ei wthio yn ôl i lawr.

'Dim amser. Ma' tymor cynaeafu 'di dechrau. Elli di ddim neud y cwbl ben dy hun,' mwmiodd. 'Ddim hefo dy fraich fel ag y mae hi,' ychwanegodd yn dawel.

'Elli dithau ddim gweithio yn y fath stad,' atebodd Gwen heb golli curiad.

Gwelais fy nghyfle. 'Alla i helpu. Gadewch i mi aros i helpu,' meddwn wrth gamu'n agosach at y ddau.

'Dim gobaith,' atebodd José'n syth.

'José, gwranda arni. Does gennyn ni fawr o ddewis,' meddai Gwen. 'Lle arall 'dan ni am ddod o hyd i rywun i'n helpu ar fyr rybudd fel hyn?'

Parhaodd José i ysgwyd ei ben.

'Ma'n neud synnwyr,' meddai Gwen. 'Ti'n gwybod nad oes 'na wir opsiwn arall.' Roedd hi i'w gweld yn gwybod ei bod hi wedi ennill y frwydr. Edrychodd arna i am eiliad. Oedd hi'n gwenu? Roedd hi'n anodd bod yn siŵr yn y tywyllwch.

O'r diwedd, gollyngodd José ochenaid hir.

'Iawn. Fyddi di yma i weithio, 'na i gyd,' meddai'n gas a phoeri dros ei ysgwydd.

'Iawn gen i,' atebais gan neidio ar fy nhraed. Roedd y noson wir wedi cymryd tro annisgwyl.

Yn araf, gadawodd José i ni ei godi o dan ei geseiliau a baglodd y tri ohonom yn ôl i gyfeiriad y tŷ mewn camau trwsgl a llafurus. Roedd Milo'n ein dilyn yn agos, wedi tawelu erbyn hyn a'r unig un ohonom oedd i'w weld yn gyfforddus gyda'r ddealltwriaeth newydd oedd wedi ei ffurfio rhyngom ein tri.

Isabel del Mar (1960–2025)
***Muévete* ('Symuda'), 1980**
Madrid
Ffotograffiaeth a gludwaith

Symudodd Isabel i brifddinas Sbaen yn ugain mlwydd oed, ac yno treuliodd sawl blwyddyn yn ceisio ymsefydlu fel artist. Roedd yr 1980au'n gyfnod o arbrofi ac o ddathlu yn Sbaen, wedi i drigolion y wlad ailddarganfod democratiaeth yn dilyn marwolaeth Franco. Cyfeirir at y cyfnod hwn yn y brifddinas yn aml fel La Movida Madrileña. Ffrwydrodd datblygiadau celfyddydol a diwylliannol gwrthwleidyddol ac mae lliwiau llachar, ffurf syml a stumiau pryfoclyd y modelau benywaidd noeth yn y darn yn awgrymu dylanwad cynyddol y brifddinas ar yr artist a'i chelf.

café

coffi

Edrychai'r caffi fel petai ar gau wrth gyrraedd – y caeadau gwyrdd yn gilagored a'r tu mewn yn dywyll. Tynnais y caeadau am allan gyda gwich a phwyso 'nhrwyn yn erbyn y gwydr a chael cip o symudiad yng nghefn y stafell. Gwichiodd y drws ar agor yn araf a chefais fy nghroesawu gan arogl coffi a saim poeth.

'¿Hola?' gofynnais. Gwthiodd y tawelwch yn ôl yn f'erbyn. Es i mewn i grombil y caffi at y bar ym mhen pella'r stafell.

'¿Hay alguien?' gofynnais eto.

'Vale, vale ya voy.' Daeth llais gwrywaidd o'r stafell gefn ynghanol sŵn bocsys yn cael eu llusgo a thraed yn baglu cyn i wyneb dyn yn ei ugeiniau cynnar ymddangos o'r tu ôl i gyrtens o fwclis ger y bar. Roedd ei wallt brown tywyll yn drwchus ac wedi ei glymu'n flêr mewn cynffon ceffyl hir i lawr ei gefn. Fflachiodd fframyn metel tenau ei sbectol yn y stribedi o olau gwan oedd yn llifo drwy holltau'r caeadau dros y ffenestri.

Shit, roedd o'n rili golygus.

'¿Qué tomas?' gofynnodd gan wthio'r ffenest yn gilagored a goleuo gweddill y stafell. Roedd y waliau gwyn yn ddiaddurn oni bai am ambell boster o boteli sieri a silffoedd o blanhigion blinedig yr olwg. Teimlais fy sgwyddau'n ymlacio ychydig bach wrth i mi eistedd ar stôl fach grwn gyferbyn â'r bar.

'Un café con leche, por favor.'

'Are you English?'

'No, Welsh. Galesa.'

'¿Galesa?'

'Soy de Gales. It's the country right next to England.'

'Sí, sí, I know about Gales. Mi madre es de Catalunya.'

'Ah, vale. I've never been. Where in Catalonia is your mum from?'

'Barcelona.'

'Do you speak Catalan then?"

'A little. Una mica. ¿Hablas galés?'

'Yndw.'

'My English is better. I'm studying it at university. They force us to learn it, actually.'

'Sorry,' dywedais heb wybod pam.

'It's good for me to practise.' Cododd ei sgwyddau gan wenu.

'What do you study otherwise?'

'Business and commerce.' Sylwodd ar y syndod ar fy wyneb. 'Ha, you weren't expecting this, no?'

'No, no, I just–'

'It wasn't my first choice,' meddai gan rychu ei dalcen ryw fymryn. Estynnodd am gwpan gwydr o'r silff uchaf ac ysgwyd ei ben. 'I like your hair, by the way. Or you know what I mean,' dywedodd gyda'i gefn ata i. Stemiodd y peiriant coffi wrth iddo gynhesu llefrith mewn sosban fetel. Teimlais y croen uwchben fy nghlustiau'n poethi.

'Gracias.'

'And what are you doing here? Nobody comes here.'

'Visiting. Working. On the farm up on the hill.'

'With Gwen?'

'Yeah.'

'I see, the Gales connection. I haven't seen Gwen in a long time. José comes sometimes. I wish he didn't.'

'He's not popular around here then?'

'Wherever he goes, he leaves people angry.'

'Has he always been like that?'

'Ever since I've known him, yeah.'

'Your English is super good.'

'Thanks. ¿Hablas español?'

'Un poco.' Tawelodd fy llais wrth droi at y Sbaeneg.

'Are you studying?' Daeth ei gwestiynau'n guriadau cyflym, un ar ôl y llall.

'I ... no. I was. Not anymore.'

'You finished?'

'No. I quit.'

'Why?'

'I realised it wasn't for me.'

Roedd rhywbeth am ei lygaid duon crwn oedd yn llacio fy nhafod. Cliriais fy ngwddf. Llowciais y coffi. Gofynnais am un arall. Roedd o'n gwisgo crys glas golau a throwsus llaes wedi ei rolio fyny. Sylwais wrth iddo gario'r coffi draw at fy mwrdd fod ganddo datŵ o'r lleuad ar ei ffêr.

'Do you live here?' gofynnais wrth sychu coffi oddi ar fy ngwefus gyda hances bapur denau.

'Yeah, but I study in Sevilla during term time. I don't go back until the end of September. Summer is long. Too long, probably.'

'And too hot?'

'Sí. This summer especially, it's awful.'

'And what do you do around here for fun?' gofynnais, yn chwarae gyda'r modrwyau llac ar fy mysedd.

'Nothing. We drink, we sleep, we swim. What did you do to your hand?'

'Nothing. Where do you go swimming?'

'There's a lake, just outside the village. Just past the tabanco there's a sign. You can't miss it.'

'I might head there sometime.'

'Sí, you should.' Roedd ei wên yn ddiymdrech ac yn gynnes. Teimlais fy mol yn tynhau.

Canodd y gloch uwchben y drws a rhuthrodd dyn canol oed i mewn i dywyllwch llugoer y caffi.

'¡Dame un café, Alejandro!' gwaeddodd wrth groesi'r stafell a diflannu i gefn y stordy. Rholiodd Alejandro ei lygaid tuag at y nenfwd cyn llusgo ei draed yn ôl at y peiriant coffi.

Daeth mwy o synau baglu a thuchan o'r tu cefn cyn i ni glywed clec a llif o regi gwyllt. Gwenodd Alejandro yn dawel iddo fo'i hun cyn claddu ei ben mewn papur newydd ar y cownter. Cwpanais y gwydr gwag yn fy nwylo gan syllu i weddillion y grawn coffi.

'¿Y tú, quién eres?' Cefais fy neffro yn sydyn gan lais o'r stordy. Pwy oeddwn i? If only I knew, mêt. Roedd ei ben wedi ei wthio drwy'r cyrtens o fwclis a'i lygaid yn syllu'n syth arna i.

'Me llamo Cat,' atebais o'r diwedd.

A'i drwyn yn dal wedi'i gladdu yn y papur newydd o'i flaen, eglurodd Alejandro fy mod yn deall popeth ond ddim eisiau siarad Sbaeneg gyda phobl eraill.

'Ah, you shouldn't be afraid. Spanish is a very easy language.' Gwenodd y dyn led y pen.

'Por favor, don't change language on my account,'

dywedais gan grymu'n is i fy nghadair a chywilydd yn cochi fy mochau.

'Tiene un buen acento, ¿verdad?' dywedodd y dyn gan gerdded i gefn y bar a chlecian ei goffi mewn cegiad. 'You have a good accent.'

Ysgydwais fy mhen. 'No, no hablo bien,' dywedais gan frathu ewin fy mawd. 'I don't speak well at all.' Roeddet ti wastad wedi dweud bod fy acen yn ofnadwy. Yn gwingo wrth glywed fy llafariaid aneglur. Yn gofyn i mi beidio. Wastad yn mynnu siarad Cymraeg.

Tynnodd y dyn ei gadair yn agosach ata i, chwilfrydedd yn fflachio yn ei lygaid.

'She's working on the finca up on the hill,' atebodd Alejandro cyn i'r dyn gael cyfle i agor ei geg.

'¿Con Gwen y José?'

'Sí.'

Caledodd wyneb y dyn wrth glywed hyn. 'I see.' Astudiodd fy wyneb yn fanylach. 'Are you ... are you family?'

'I'm ... yes. José is my uncle.' Cododd Alejandro ei ben o'r papur newydd ac edrych arna i fel petai'n fy ngweld o'r newydd.

'Yes, I see it now.'

'What?'

'¿Eres la hija de Isabel?'

'You knew my mother?'

Oedodd cyn ateb. 'Is Isabel dead?'

'Yes.'

'Ah, I'm sorry to hear it. We went to school together. It was terrible when she left ...'

'Papá,' dechreuodd Alejandro. Edrychais ar y ddau'n fwy manwl a sylwi ar y tebygrwydd yn nhalcen llydan a gên sgwâr y ddau.

'I'm speaking too much, sí, sí.' Cododd o'i gadair.

'No, no this is exactly why I've come. To learn more about her.'

Rhewodd y dyn ryw fymryn. 'I'm afraid I don't know much at all. It was so long ago,' dywedodd yn dawel cyn troi i dacluso'r papurau ar y cownter. 'Well, don't let José and Gwen make you work too hard. Just because business is bad,' ychwanegodd wrth gerdded ar hyd y stafell gan drio edrych yn brysur.

'Business is bad?' holais gan droi fy nghadair i ddilyn ei symudiadau.

'The whole weather is messed up. The whole area is suffering,' dywedodd Alejandro gan grychu ei dalcen.

'Yes, but Gwen and José have it much worse up on the hill and with only the two of them. They'll be out of business by next year.'

'¡Papá!' meddai Alejandro gan fwmian iddo'n Sbaeneg i gau ei geg.

'Vale, vale. Me voy,' dywedodd wrth anelu at y drws. 'It was nice to meet you, Catarina. I ... I am sorry to hear about your mother.' Gwenais arno cyn iddo ddiflannu yn ôl drwy'r drws.

Daliodd Alejandro fy llygad ac agorodd ei geg fel petai am ddweud rhywbeth. 'Do you have Wi-Fi?' gofynnais gan godi fy ffôn cyn iddo allu holi unrhyw beth arall. Nodiodd ei ben i gyfeiriad yr arwydd ar y cownter gyda'r cyfrinair arno.

'Gracias,' dywedais gan droi fy nghefn tuag ato eto. Yr eiliad i mi ailgysylltu â'r we, daeth llif o negeseuon drwodd. Neges gan Sia oedd y ddiweddaraf.

Mêt, lle ffwc wt ti???

Anadlais yn ddwfn, fy modiau yn hofran dros y sgrin

am ychydig eiliadau.

Hai. Popeth yn iawn. Ffôn 'di bod yn boen yn din, sori. Paid â phoeni. Todo bien.

Trodd y ddau dic yn las yn syth a dechreuodd fy ffôn ganu.

'Thank ffyc. O'n i'n poeni bod fi 'di anfon ti at ryw nytars.' Teimlais fy hun yn gwenu fel giât wrth glywed ei llais cyfarwydd. Edrychais i lawr at fy llaw cyn ateb.

'Dydy'r croeso heb fod yn grêt, rhaid fi gyfaddef.'

'Work your charm!'

'Fi?'

'Ti'n ocê ddo, wyt?'

'Yndw – dwi'n meddwl. Jest yn lot i arfer ag o, rili.'

'Wel, rŵan bod fi'n gwbod bod ti'n fyw ga i anfon ypdet atat ti. Dwi 'di dechrau catalogio gwaith Isabel. Cat, ma'n amazing. Do'n i heb ddeall bod 'na gymaint o stwff.'

'Ia, o'dd Mam deffo'n un am gadw'n brysur.'

'Ma' 'na ddegawda ar ddegawda o waith yma. Ah, shit, rhaid fi fynd – Irfon yn galw. Mae o'n annoying uffernol i weithio hefo fo ac yn neud ffyc o ddim byd.'

Diflannodd ei llais heb iddi gael cyfle i ddweud gair arall ac yna'r online wrth ei henw. Sia, wastad yn rhuthro mynd full pelt. Od meddwl erbyn hyn nad oedd y ddwy ohonom wedi clicio'r tro cyntaf i ni gwrdd. Ynghanol meddwdod parti ffrind yn Grangetown flynyddoedd yn ôl. Roedd hi'n rhy swnllyd, ro'n i'n rhy dawel. Roedd hi'n gallu dal ei diod, ro'n i'n lightweight. Ro'n i'n dal yn gallu cofio ei gwallt cyrliog, tywyll yn bownsio o gwmpas y lle, ei siaced werdd felfed gyda'r sgwyddau llydan, ei llais dwfn. Ro'n i jest wedi cymryd na fuasai ganddi ddiddordeb yndda i. Yn troi'n swil yn ei chwmni. Ac yna dyma ni'n parhau i gwrdd dro ar ôl tro yn yr un tafarndai a phartïon. Dechreuodd

’na ddealltwriaeth wreiddio rhwng y ddwy ohonom. Cyfeillgarwch. Sylwon ni bo’ ni’n dwy’n hoffi’r un fath o gelf, yn gallu trafod yr un artistiaid tan oriau mân y bore. Ac wedyn pan est ti’n sâl, Sia oedd yno. Yn edrych ar fy ôl i wrth i mi edrych ar dy ôl di. Roedd hi’n fwy na chefn i mi yn y cyfnod hwnnw – roedd hi’n gorff i ni’n dwy.

Agorais fy e-byst a lawrlwythais y ffolder o luniau roedd hi wedi ei hanfon ata i cyn stwffio’r ffôn yn ôl i fy mag. Codais oddi ar fy nghadair a thynnais fy mag yn ôl ar fy sgwyddau gydag un ymdrech fawr. Sylwais wrth ailwynebu’r ffenest fod y prynhawn yn prysur ddiflannu. Dwyawr ro’n i wedi ei addo wrth Gwen wrth adael y finca. Roedd hi’n ddwbl hynny’n barod.

‘A group of us are going up to the lake later this week. Come if you like,’ dywedodd Alejandro wrth sylwi arna i’n gadael.

‘Oh, cool. Thanks. Gracias.’

‘¿Y en galés?’

‘Diolch,’ dywedais gan wenu.

‘Diolch,’ ailadroddodd yn araf.

‘I have to go. I’ll see you around.’ Llithrais allan trwy ddrws y caffi, yn ôl i olau llachar y dydd a’r gwres yn syrthio fel tunnell o frics arna i, gan wrthod edrych yn ôl arno. Crensiais fy nannedd yn erbyn ei gilydd a safais yn stond ynghanol y sgwâr gwag. Dim ond y caffi oedd i’w weld ar agor. Roedd y Biblioteca Municipal un pen ond roedd arwydd ‘cerrado’ yn clampio’r drws ar gau. Cerddais ymhellach, heibio’r sgwâr, heibio’r rhesi o dai gyda’u balconïau metel gweigion, i lawr y strydoedd cul, gwynion. Doedd gen i fawr o glem lle ro’n i’n mynd. Ond ro’n i’n sicr o un peth. Ro’n i’n cerdded i ffwrdd o’r finca.

huida

dihangfa

Gwthiais fy mhen trwy ddrws y siop gornel a chefais fy nghyfarch gan ddynes mewn ffrog flodeuog yn sefyll yn gawres tu ôl i'r cownter, ei hewinedd oren llachar yn tap-tap-tapian yn erbyn sglein y pren. Cerddais o gwmpas yn ddiamcan, gan sefyllian o flaen silffoedd gorlawn o ganiau chickpeas, dulce de leche a chreision. Troellais o gwmpas y siop eto ac ymestynnodd perchennog y siop ei gwddf i drio cael gwell golwg arna i rownd y gornel. Stopiais yn stond, y tro hwn o flaen yr oergell.

Sgleiniai'r anwedd ar y poteli cwrw.

Trawais y pedair potel a'r ceiniogau o fy mhoced ar y cownter. Cymerodd perchennog y siop yr arian, gan syllu ar bob ceiniog yn ofalus.

Gwenais arni fel ffŵl. A bod yn deg iddi, fyswn innau ddim yn ymddiried ynddа i chwaith o ystyried fy edrychiad hanner gwyllt, fy ngwallt yn glymau a chlympiau o bridd ar hyd fy nghoesau.

Pwysai'r gwres arna i wrth i mi gamu'n ôl i'r sgwâr. Cysgod. Roedd rhaid i mi ddod o hyd i gysgod. Gorweddais ar y fainc o dan y goeden gypreswydden gyferbyn â'r siop, wedi llwyr ymlâdd. Arhosais yno, yn aros i fy meddwl dawelu. Gwagio. Yn gwybod yn iawn y byse ond yn parhau i wibio'n gynt byth. Agorais y botel gyntaf ar gornel braich y fainc a llifodd y cwrw'n rhaeadr euraidd a hel yn bwll o swigod ar y cerrig crynion ar y llawr. Brysiais i godi'r botel at fy ngwefusau a dechreuais sipian yn awchus. O fewn dim, roedd yr ail botel wedi ei hagor hefyd.

Llithrais y ffôn o fy mhoced gan agor y ffolder ro'n i wedi ei lawrlwytho. Bron i hanner cant o luniau, rhai ohonyn nhw'n gyfarwydd ac eraill erioed wedi gweld golau dydd. Roedd Sia wirioneddol wedi bod yn brysur. Roedd rhyw hud am dy waith, rhywbeth dewr a di-ofn. Ro'n i wastad wedi meddwl hynny i fi fy hun er i mi dynnu'n groes iti'n aml.

*

'Pam ti wastad yn defnyddio'r un delweddau a siapiau?' gofynnais wrth eistedd ar y llawr leino a syllu arnat ti wrthi'n canolbwyntio ar y canfas o dy flaen. Ro'n i wedi gwthio fy hun fewn i dy stafell, yn dal yn fy nghrys ysgol blêr. Wnest ti ddim ateb, dim ond parhau i syllu o dy flaen.

Bwm-bwm-bwm-bwm.

Taflais y belen dennis flewog yn erbyn y wal eto.

'Mam?' gofynnais, fy llais yn caledu. Crychaist dy dalcen ond arhosaist yn dawel. 'Be 'di pwynt neud yr un peth drosodd a throsodd? Ma'n pointless.'

Bwm-bwm-bwm-bwm.

Trawodd y belen y pot gwydr oedd yn dal dy frwshys paent a syrthiodd i'r llawr gyda chlec. Rhewais yn fy unfan wrth weld y gwydr yn malu'n deilchion ac yn sgleinio yn haul mis Medi.

'Allan!' gwaeddaist. 'Jest, cer o 'ma.' Llusgais fy hun o dy stafell â chywilydd yn llosgi fy llygaid.

*

Agorais y drydedd botel ond brathodd dannedd miniog y caead fy ngwefus. Llyfais flas yr haearn cyn sychu'r gwaed gyda chefn fy llaw. Codais y ffôn eto. Cafodd fy llygaid eu denu at gyfres o luniau roedd Sia wedi ei labelu'n 'Triptych'. Syllais eto ar y ffurfiau'n amlygu eu hunain. Tynhaodd y cwlwm yn fy mol. Roedd rhywbeth cyfarwydd am y siapiau a'r symudiad. Siffrydodd atgof o ddail y coed almon yn fy nghlustiau, stribedi o'r boncyffion yn ymestyn ar hyd y canfas. Craffais ar y llun unwaith eto. Roedd rhywbeth ffyrnig o flin am y darn. Daeth sŵn peswch o'r tu ôl i mi. Safai perchennog y siop ar drothwy'r drws, ei breichiau wedi eu croesi a golwg sarrug ar ei hwyneb.

'Sori, lo siento,' dywedais wrth frysio i godi ar fy nhraed a llyncu gwaelodion y botel olaf mewn un cegiad.

Cododd ei haeliau wrth fy ngweld yn plygu i lawr i hel y poteli gweigion. Clinciodd y cwbl yn fy mreichiau wrth i mi gerdded i ffwrdd heb edrych am yn ôl. Lluchiais y poteli gyda'm holl nerth i mewn i fin wrth ochr y ffordd, y tro hwn yn cael pleser o glywed y gwydr yn crensian a malu'n ddarnau.

Bwm-bwm-bwm-bwm.

Arhosais yno mewn tawelwch am ennyd, cyn i mi gael fy nhynnu ar hyd y llwybr troellog. Dechreuodd yr adeiladau droi'n goed a'r ffyrdd droi'n llwybrau o laswellt sych. Aeth yr allt yn fwy serth a theimlais fy hun yn colli fy ngwynt. Roedd grisiau wedi eu naddu i'r graig, yn ffurfio llwybr igam-ogam i fyny, a gan fod rhai o'r cerrig mor anferthol roedd rhaid i mi halio fy hun am i fyny gyda fy mreichiau.

Es muy débil. 'Mae hi'n wan iawn.'

Es i ymlaen eto gan dynnu fy hun i fyny'r cerrig anwastad, yn colli gafael ar amser nes cyrraedd agoriad yn y coed. Cefais fy nghroesawu gan olygfa o gaeau yn ymestyn yn ddiddiwedd i bob cyfeiriad. Roedd y tir yn bowdr sych.

Wrth i mi syllu i'r milltiroedd o fy mlaen, daeth pwl o hiraeth drostaf. Clywais draffig Caerdydd yn chwiban y gwynt. Sgrech y gwylanod, chwerthin myfyrwyr yn baglu adref ar ddiwedd noson, sŵn cadeiriau'r sinema'n clepian ar gau ar ddiwedd ffilm, canu Sia'n y gawod, tincian y llestri yn gorlifo'n y sinc. Ac yna aeth popeth yn dawel heblaw am fy anadl fy hun, curiad fy nghalon yn arafu a chrafiad fy sgidiau ar y cerrig mân.

Oeddet ti'n dod yma weithiau'n blentyn?

Roeddet ti wastad mor anhapus yn y ddinas. Yn cwyno dy fod yn mygu, methu anadlu, methu meddwl. Ro'n i wastad wedi bod angen y prysurdeb o fy nghwmpas i deimlo'n effro. Roedd gwacter o fy nghwmpas yn fy llyncu'n fyw. Mi fuost ti mor styfnig yn gwrthod symud i lawr ata i, hyd nes i ti orfod cyfaddef dy fod wirioneddol yn sâl. Roedd y misoedd o wylio dy gorff yn teneuo, dy egni'n diflannu, dy boen yn cynyddu yn dal i deimlo'r un mor ddiweddar. Y cwbl yn dal i deimlo'r un mor annealladwy.

Ysgydwais fy mhen. Ro'n i wirioneddol angen piso ar ôl y cwrw. Edrychais o fy nghwmpas cyn tynnu fy siorts am i lawr a phlygu ar fy nghwrcwd. Llifodd yr hylif i lawr y graig, i lawr y llechwedd. Pasiodd cysgod dros fy mhen. Edrychais i fyny a sylwi ar siâp croes aderyn ysglyfaethus o ryw fath yn torri trwy lesni'r awyr. Codais yn ôl ar fy nhraed a thynnu fy siorts yn ôl i fyny cyn tynnu fy nghamera o fy mag. Ond cyn i mi lwyddo i bwyso ar y botwm, diflannodd yr adenydd llydan mewn un plymiad gosgeiddig ar hyd cromlin y graig. Daria. Troais ar fy sawdl a'r eiliad honno, sylweddoli bod het wellt yn codi uwchben amlinelliad pella'r bryn. Roedd wyneb yr unigolyn wedi ei guddio oddi tani. Camais yn nes ato a gweld ei fod yn edrych allan dros y cwm gyda'i fysedd wedi eu cyrlio o gwmpas bwcl ei wregys.

Clic-clic.

Tynnais sawl llun o'i silwét.

Trodd ataf yn araf a phlygodd ei ben gan godi ei law at rimyn ei het. Roedd ei het a'i osgo'n gyfarwydd. Heb os, yr un dyn â'r diwrnod cynt ar y finca oedd o. Roedd o'n sefyll yn agos at y dibyn, ei draed yn modfeddu'n agosach ac yn agosach at y llethr. Cymerais gam yn agosach ato eto, y tyfiant sych o fy nghwmpas yn crafu fy nghoesau'n goch. Estynnodd ei freichiau am allan a phlygodd ei bengliniau gan siglo rhyw fymryn o ochr i ochr gyda'i lygaid yn amlwg yn craffu ar rywbeth is law. Oedd o ar fin llamu i'r awyr? Ac yna'n fwyaf sydyn sythodd ei goesau a throdd ata i gyda gwên fawr lydan yn llenwi ei wyneb. Ro'n i bellach ond ychydig fetrau oddi wrtho. Roedd o'n iau nag oeddwn i wedi ei ddisgwyl, yn ei dridegau hwyr efallai. Ei groen yn olau a brychni haul yn bowdr dros ei drwyn.

'¡Vaya día más bueno!'

'Sí,' atebais gan edrych i fyny ar yr haul tanbaid uwch ein pennau.

'English?'

'No. Welsh.'

'¿Galesa?'

'Sí.'

Trodd ei ben i un ochr am eiliad neu ddwy wrth fy astudio.

'I see,' meddai'n y diwedd cyn nodio ei ben yn araf. 'Do you know this place?'

'It's my first time.'

'Let me imagine I'm seeing here for the first time too.' Caeodd ei lygaid cyn eu hailagor a syllu o'i gwmpas. Chwarddais yn ysgfan – roedd rhywbeth heintus am ei egni.

'I imagine it's changed a lot, over the years.'

'You could say that. But you can still see a few treasures – mira,' dywedodd gan bwyntio ei fys at yr awyr. Edrychais i fyny a gweld cysgod yr aderyn eto. 'Un águila.'

'An eagle?'

'Just don't ask me what kind,' dywedodd gan dynnu ei het a sychu'r chwys oddi ar ei ben. Roedd ei wallt cochfrown yn britho o gwmpas ei glustiau. Tap-tapiodd yr het yn ôl yn isel ar ei ben nes ei bod unwaith eto'n cuddio'i wyneb.

'What's it doing? Hunting?' gofynnais gan edrych ar y cylchdro o blu uwch ein pennau.

'I think it might just be playing.'

Roedd o'n rhyfeddod, rili. Bod yr awydd i chwarae yn rhan mor annatod ohonon ni i gyd, a'n bod ni i gyd mor barod i anghofio hynny. Fflachiodd y lluniau du a gwyn o Madrid yn yr wythdegau o flaen f'amrannau eto, cyn cael eu disodli gan wyneb llym Gwen. Chwarae neu hela oeddech chi gyda'ch gilydd?

'I wonder what the view will look like fifty years from now,' meddyliais yn uchel.

'Yes, I worry about that too,' atebodd gan grychu ei dalcen.

'It can make you feel pretty hopeless.'

'It can. But look, see how nature finds a way despite the odds.' Gwyrodd i lawr a phwyntiodd at flodyn bach piws oedd yn ymwthio o'r graig. 'We still seem to find unexpected ways to live alongside one another.' Ac yna rhewodd yn sydyn a chwyddodd ei lygaid ar led. Pwyntiodd ei fys ymhellach i lawr y llwybr. Gwyrais tuag ato i weld beth oedd wedi denu ei sylw. Pwyntiodd ei fys eto, yn amlwg wedi cynhyrfu am rywbeth. Roedd yr aer yn drwchus gydag arogl teim a ffenigl gwyllt a chrynai gyda sŵn pryfed o'n cwmpas. Do'n i'n gweld dim. Ro'n i ar fin colli amynedd a chodi'n ôl ar fy nhraed pan yn sydyn, ymddangosodd fflach o ddu a smotiau o aur o'n blaenau. Symudodd y creadur yn hamddenol ar draws y llwybr, pob cam yn teimlo'n fwriadol ac yn ofalus. Roedd o'r un hyd â fy llaw, gyda'i gynffon yn cyrlio a sythu bob yn ail.

'What is it?' gofynnais yn dawel, yn edmygu ei groen yn sgleinio yng ngolau'r haul cyn iddo ymlwybro i mewn i gysgod craig gerllaw.

'A fire salamander,' atebodd y dyn gan wenu. 'I haven't seen one in a very long time. I'm surprised it's here with it being so dry,' dywedodd gan rychu ei dalcen. Arhosodd y ddau ohonom yno ar ein cwrcwd, wedi ein swyno'n llwyr.

Ac yna'n sydyn, diflannodd y salamander i ganol yr isdyfiant, yn parhau gyda'i fywyd cudd. Yn malio dim am ein rhyfeddod.

Neidiodd y dyn yn ôl ar ei draed a chlapio sawl gwaith. 'Do you know what they say about the salamander?' Roedd ei lygaid yn disgleirio.

Ysgydwais fy mhen. Roedd rhywbeth gwirioneddol gyfareddol am ei ffordd o siarad. Rhyw hyder tawel yn llifo trwy'i eiriau.

'A certain type of salamander, they say, can survive fire. Be reborn.'

'Is that so?' gofynnais gan chwerthin.

'It's serious, you know. We must all see ourselves as the salamander. Or else, as you say, we simply lose hope. And what then?'

Troais fy mhen at le roedd y salamander newydd ddiflannu.

'I hope it's true for where I'm staying then. The earth feels so burnt there.'

'Where is that?' gofynnodd wrth iddo lanhau'r llwch oddi ar ei drowsus.

'I'm staying with José and Gwen. I think you know them. I mean, I saw you. The other day. With José.' Daeth fy ngeiriau allan yn drwsgl.

'Ah, did you?'

'You didn't seem very happy.'

'We don't quite ... We see things quite differently. How is he, with you?'

'Uncomfortable.'

'And Gwen?'

'Distant.'

'I see you know them well already. Shouldn't you be getting back? It's a fair way back to the finca.'

'Yeah ...'

'You don't seem in a hurry.'

'Yeah. To be honest, I'm not sure what I'm doing there.'

'Big questions for a big clifftop.' Parhaodd yr eryr i gylchu uwch ein pennau. 'Don't give up.'

'On what?'

'Whatever you've come here to do. Or give up. Just don't stay in indecision. That's the worst place to be.'

'Who are you?'

'Someone who should get back on the road. It's getting late, I'd better go.'

'Where are you off to?'

Oedodd am eiliad.

'Back to Madrid. I am, as you might say, in between places at the moment.'

'Stuck in indecision?' gofynnais.

'Yes, just that. Terrible place to be.' Tapiodd ymyl ei het unwaith eto gyda'i law cyn dechrau brasgamu i lawr y llwybr.

Cadwais draw, yn aros ar ben y clogwyn.

'You know, it's easier if you let yourself go fast,' chwarddodd dros ei ysgwydd cyn bowndio ymlaen nes i'w gorff ddiflannu rownd y gornel.

Arhosais yn stond ar ben y llwybr troellog am ychydig funudau. Agorais fy nghamera eto ac edrych drwy'r lluniau ro'n i newydd eu tynnu, un ar ôl y llall.

Are you sure you want to delete?

Oedodd fy mawd uwchben y sgrin.

No.

Diffoddais y camera a dechreuais gerdded i lawr y llwybr gan adael i fy nhraed lithro o un ris i'r llall yn gynt ac yn gynt nes fy mod yn rhedeg, a'r coed bob ochr i mi'n pylu'n stribedi o ddu ac aur.

almendras

almonau

'¡El palo, chica! ¿Qué coño haces?' gwaeddodd José. Sylwais ar groen ei freichiau wedi ei fritho gan frychni haul wrth iddo drywanu'r aer gyda'r ffon yn ei law. Roedd fy nghyhyrau wedi dechrau crynu o dan y straen o gadw fy mreichiau uwch fy mhen. Ciciais fy sodlau gan godi cwmwl o lwch i mewn i 'ngheg. Pesychais yn galed, fy ngwddf yn llosgi.

'Ond newydd ddechrau ydan ni,' cecrodd eto gan ysgwyd ei ben a phoeri ar y llawr wrth ei ochr. Lapiais fy mreichiau o fy nghwmpas yn dynn, yn pinsio'r croen o dan fy ngheseiliau yn galed, yn gwingo wrth deimlo'r boen yn rhedeg drwy fy mreichiau. 'Dwedaist ti dy fod ti yma i weithio, cofia,' ychwanegodd yn swta a throi at y Berlingo tu ôl iddo a llwytho rhagor o rwydi gwyrdd ar ei ysgwydd. Poerais innau ar y llawr cyn plygu i godi'r ffon fambŵ wrth fy nhraed, fy nwrn yn wyn gyda thensiwn.

Roedd y tri ohonom wedi codi gyda'r wawr, yr awyr sitrws uwch ein pennau'n goleuo'n ddigwmwl. Ro'n i wedi cerdded ochr yn ochr â Gwen am sbel, blas coffi yn dal i losgi blaen fy nhafod a fy ngwynt yn fy nwrn wrth i'r llwybr droelli'n llethr, nes i ni gyrraedd y tir pantiog tu ôl i'r fferm gyda rhesi ar resi o goed yn gwyro tuag at yr haul.

Roedd José yno'n barod yn pwyso yn erbyn y fan, cetyn yn ei law a golwg sarrug yn straen ar ei wyneb.

Roedd yr haul ond jest yn sbecian dros y gorwel. Roedd sbel go lew ers i mi godi mor gynnar â hyn.

*

'Be sy'n digwydd?' gofynnais wedi i mi glywed twrw clepian yn atsain o'r gegin. Ti oedd yno, mewn siorts a fest laes, yn wynebu un o'r waliau gyda siarcol wedi ei wasgu'n dy law. Roedd dy ffigwr wedi ei oleuo'n oren gan y lamp stryd tu allan i ffenest y fflat. Roedd dy goesau ar led a dy freichiau cyhyrog yn fwa gosgeiddig uwch dy ben, dy bwysau'n pendilio o un droed i'r llall. Troaist i edrych arna i, gwên yn llenwi dy wyneb main, cyn codi bys at dy wefusau'n araf. Roedd y corcfwrdd oedd wedi bod yn hongian ar y wal wedi glanio wyneb i waered ar y teils a phapurach yn swp dros y lle. Calendr heb ei agor, bwydlenni tecawê seimllyd, presgripsiynau o'r feddygfa. Cerddais ar flaenau fy nhraed i mewn i'r gegin ac eisteddais wrth y bwrdd, yn lapio'r flanced oedd yn hongian dros y gadair o gwmpas fy sgwyddau. Arhosais yno am oriau yn edrych arnat ti'n gweithio, yn hepian cysgu bob hyn a hyn ac yna'n deffro gyda sgwd. Roedd hi wedi cychwyn gwawrio ac roedd golau llwydfelyn yn goglais dy ddarlun o dorf o bobl ac anifeiliaid o dy flaen. Camaist yn ôl, dy sgwyddau'n llacio mewn rhyddhad, yn bownsio ar flaenau dy draed. Roeddet ti wedi gorffen.

Es i ddim i'r ysgol y diwrnod hwnnw. Arhosodd y ddwy ohonom adref a gwylio ffilmiau'n cael eu taflunio'n gam ar gynfas wen yn y stafell fyw. Un ffilm ar ôl y llall, y ddwy ohonon ni'n rhannu beanbag er bod cadair arall i'w chael reit wrth ymyl. Ychydig wythnosau wedyn, deffrais ac roeddet ti wedi papuro dros y darlun yn gyfan gwbl. Papur blodeuog rhy liwgar o rolyn roeddet ti wedi dod o hyd iddo mewn sgip i lawr yn y stryd. Ond ro'n i'n dal i weld y darlun bob bore wrth eistedd wrth fwrdd y gegin, wynebau cegrwth y dorf yn chwerthin yn fud.

*

Blinciais sawl gwaith wrth godi'r ffon fambŵ yn uchel unwaith eto er mwyn cyrraedd topiau canghennau tenau'r goeden almon o fy mlaen. Roedd carpedi o rwydi gwyrdd wedi eu gosod yn ofalus o dan draed er mwyn dal yr arlwy gwerthfawr.

Tapatapatap.

Trawodd y polyn hir yn erbyn y goeden gan achosi i'r dail ysgwyd ac i gawod o almonau syrthio i'r llawr.

'Mejor.' Poerodd José. Gwell. Roedd Gwen ym mhen arall y cae, wedi sleifio i ffwrdd yn dawel bach ers sbel. Roedd ei symudiadau'n bendant a mecanyddol wrth iddi ganolbwyntio ar y goeden o'i blaen. Wrth fy ngweld yn parhau i ysgwyd canghennau'r goeden heb ollwng fy ngafael ar y bambŵ, herciodd José i gornel bella'r cae er mwyn gosod mwy o rwydi o dan y coed. Roedd yr haul yn codi'n wyn. Diwrnod poeth arall o'n blaenau. Tynnais fy het i lawr yn is ar fy mhen.

Patpatpatpat.

Ar ôl awr, ro'n i wedi dechrau dod i arfer gyda'r boen yn fy mreichiau a brathiadau'r pryfed yn ffurfio lympiau gwyn, caled ar hyd fy nghroen. Pwysais ymlaen ar flaenau fy nhraed i drio cyrraedd y ffrwyth ar y top. Ro'n i'n dal yn rhy fyr.

Claro.

Gwasgais y palo rhwng fy nghesail a fy nghorff gan dynnu fy hun i fyny'r goeden a chlwydo ar gangen siâp bwa. Roedd ffrwyth yr almon wedi ei orchuddio mewn cragen feddal lwydaidd oedd wedi ei hollti yn gegagored a thua'r un maint â bricyllen. Pwysais fy nghorff yn ddyfnach yn erbyn tro naturiol yn y gangen gan adael i fi fy hun gael fy swyno gan symudiadau'r dail yn dawnsio uwch fy mhen wrth i mi ysgwyd topiau'r goeden ac i'r almonau blymio'n gawod o fy nghwmpas.

Ac yna'n fwyaf sydyn, ro'n i'n dy deimlo di.

Yno wrth f'ymyl, o fy mlaen, o fy nghwmpas. Roedd dy lais yn sibrwd yn yr awel. Roedd prysurdeb dy ddwylo i'w gweld yng nghysgod y dail a melfed dy wallt ym meddalwch plisgennau'r almonau a gosai fy mhen. Blinciais fy llygaid ar agor gan deimlo lleithder yn cronni yno. Ac yna caledodd fy nghyhyrau wrth i atgasedd gorddi tu mewn i mi a dechreuais daro'r goeden yn galetach byth. Chwipiais y brigyn eto gan dy daro ynghanol dy wyneb, gan ddallu dy lygaid, gan grogi dy lais. Neidiais i lawr o'r gangen a gafaelais yn y boncyff a'i ysgwyd, gan deimlo'r rhwymyn o gwmpas fy llaw yn datod a'r briw yn dechrau gwaedu o'r newydd. Gadewais i'r dagrau lifo'n boeth i lawr fy mochau – doedd neb yma i fy ngweld, wedi'r cwbl. Pwysais fy nhalcen yn erbyn y goeden, y rhisgl yn naddu i mewn i fy nghroen, a'i chicio'n galed.

Mi faset ti wedi camu i ffwrdd wrth fy ngweld fel hyn, yn dychryn wrth weld adlewyrchiad mor atgas ohonot ti dy hun. Wedi f'osgoi nes dy fod yn siŵr fy mod wedi tawelu, cloi dy hun yn y garej am ddiwrnod cyfan gyda'r radio a dy ganu'n boddi popeth arall. Weithiau mi faset ti'n cadw draw am ddyddiau, heb ddweud i le roeddet ti'n mynd.

Buaswn i'n crwydro o gwmpas y fflat wedyn, gwacter y stafell yn diasbedain yn fy nghlustiau. Un tro, gafaelais yn y fas flodau'n y cyntedd a thollti'r dŵr brown, sur o'i gwaelod i mewn i un o dy sgidiau. Dro arall, cydiais yn un o dy sgarffiau sidan gyda dy bersawr mwsglyd yn haen drom arni a'i chwifio drwy'r ffenest cyn gadael iddi ddiflannu'n y gwynt. Buaswn i'n eistedd yn y gegin wedyn yn cyfri'r diferion yn syrthio o'r tap, yn bwyta tiwna yn syth o'r tin, yn codi bob tro y tybiwn fy mod i'n clywed clo'r drws yn agor.

Oeddet ti'n sylweddoli mai dim ond deuddeg oed oeddwn i?

Dim ateb gen ti'r tro hwn.

Ciciais y goeden unwaith eto, gan regi dan fy anadl a'r boen yn curo drwy fy modiau traed.

'Ti 'di gorffen hefo hon fyswn i'n ei ddweud.' Clywais lais Gwen tu ôl i mi. 'Os dydyn nhw ddim yn syrthio'n syth, mae'n golygu nad ydyn nhw'n barod eto.' Cadwais fy moch yn erbyn y goeden a fy nghefn wedi'i droi tuag ati. 'Elli di symud mlaen at y goeden nesaf,' dywedodd eto, ei llais yn dod yn agosach.

Anadlais yn ddwfn cyn troi i'w hwynebu a sychu fy nagrau gyda chefn fy llaw. Roedd y swigen o ddicter wedi anweddu'n ddim yng ngwres didostur yr haul. Dim ond teimlad o ddiflastod oedd i'w gael bellach. Gwacter. Cymerodd Gwen gam yn agosach eto a phlygodd i lawr i hel llond llaw o'r cnau oedd wedi syrthio ar y glaswellt crin.

'Ti 'di gweld sut ma' nhw ar y tu mewn?' gofynnodd gan lithro ei bawd o dan y plisgyn meddal. Syrthiodd hwnnw i ffwrdd yn hawdd gan amlygu un gneuen lyfn, siâp deigryn. Gan aros ar ei chwrcwd gosododd y gneuen yn ofalus ar garreg wastad wrth ei throed a gafaelodd mewn carreg gron gyda'i llaw arall. Es i'n agosach ati hi, gan gadw un llaw ar foncyff garw'r goeden. Trawodd y garreg yn erbyn y gneuen yn galed a'i chrensian yn ffluwch. Tu mewn roedd cneuen frown-felyn lai byth. Pigodd y gneuen rhwng ei bys a'i bawd a'i hestyn tuag ataf.

'A dyna ni. Y gwaith 'ma i gyd ar gyfer un gneuen fechan, berffaith.' Gollyngodd y gneuen yng nghledr fy llaw a gafaelais ynddi'n dynn.

'Ers faint dach chi'n neud hyn?'

'Mae José wrthi ers ei fod yn blentyn.'

'Ac roedd Mam 'fyd?'

'Mae'r fferm wedi bod yn y teulu ers canrifoedd. Ti'n gweld y coed olewydd draw fancw?' Pwyntiodd tuag at y bryn gerllaw. 'Eu hen daid blannodd nhw.'

'Ges i eiliad o ... ges i'r teimlad bod Mam yma hefo fi jest rŵan.' Daeth fy ngeiriau allan yn dawel ac yn ansicr.

'Ella ei bod hi.'

'Yma?'

Cododd Gwen ei sgwyddau a'i haeliau. Sylwais ar graith fechan wen, hanner lleuad ar ochr ei thalcen.

'Dwi'm yn credu mewn ...'

'Na, na finnau,' atebodd yn syml.

'Doedd hi ddim wastad yn ... yn gwybod sut i fod yn fam. Doedd hi ddim wastad yn garedig.' Roedd fy llais yn dila wrth i'r geiriau ddod allan yn llif trwchus o emosiwn. 'Ond mi oedd yna adegau pan o'ddan ni'n agos. Wir yn agos,' ychwanegais wrth ymestyn fy nghoesau allan o fy mlaen. Roedden nhw'n llawn cleisiau a thoriadau bychain piws, prin yn edrych fel fy nghoesau i o gwbl bellach.

'Roedd hi'n berson cymhleth erioed. Mor gynnes ond pell oddi wrthat ti'r un pryd,' meddai Gwen gan nodio ei phen. Edrychais i fyny arni gan deimlo agoriad. Cyfle. Gwahoddiad.

'Wyt ti'n teimlo dy fod ti'n perthyn yma?' gofynnais gan sbecian ar ei breichiau cyhyrog wrth iddi barhau i grensian almonau o dan bwysau'r garreg yn ei llaw.

Crenshcrenshcrensh.

Oedd hi'n esgus nad oedd hi wedi fy nghlywed? Ro'n i'n meddwl ei bod am fy anwybyddu'n llwyr, cyn iddi godi ar ei thraed yn sydyn iawn a gosod ei dwylo ar ei chluniau. 'Dwi'n adnabod pob modfedd o'r tir 'ma. Dwi 'di crwydro ar hyd pob llwybr, gweithio ym mhob cae. Rai dyddiau dwi'n teimlo bod y lle 'ma fy angen i, ond ar ddyddiau eraill mae'n gwneud ei orau i fy ngwthio o 'ma.' Yna gafaelodd yn ei ffon a chododd ar ei thraed yn sydyn. 'Ond dyna ydy caru rhywle'n y bôn, dwi'n meddwl. Deall dy gyfrifoldeb at y tir, deall dy fod ti ei angen o fwy na mae o dy angen di.'

Estynnodd ei llaw allan i fy helpu i godi ar fy nhraed. Gwasgodd ei bysedd o gwmpas fy ngarddwrn yn dyner cyn iddi godi ei breichiau i dynhau'r sgarff liwgar o gwmpas ei phen.

'Oedd Mam yn teimlo'n agos at y lle 'ma?'

'Dim ond pan oedd hi'n rhywle arall.'

'Nath hi erioed ollwng gafael yn llwyr. Ma' llwyth o'i gwaith yn cyfeirio at y fferm.'

'Dwi'n cofio hi'n sôn ryw dro'n Madrid, flynyddoedd yn ôl, mai fama oedd yr unig le oedd yn dal i ymddangos yn ei breuddwydion. A finnau'n dal i freuddwydio am ogledd Cymru o bryd i'w gilydd,' dywedodd wrth ysgwyd ei phen.

'Be wnaeth i ti symud i Sbaen yn y lle cyntaf?' gofynnais gan drio unwaith eto ei dychmygu hi'n ifanc.

'Ffrindiau o Sbaen wnes i'n Llundain wnaeth fy nhynnu i yma. Ac wedyn dyma fi'n syrthio mewn cariad â'r lle.

Roedd hi fel petawn i'n gallu bod yn fi'n hun o'r diwedd.'

'Wyt ti erioed wedi meddwl am symud yn ôl?' gofynnais.

'Nadw,' atebodd yn syml. 'Tyrd, cyn i'r haul godi'n rhy uchel,' meddai gan gynnig y ffon fambŵ yn ôl imi. Cerddodd i ffwrdd i ben arall y cae a throi'n sbec bach tywyll ar y gorwel. Gafaelais yn y gneuen almon yn fy llaw yn dynnach byth, ei chroen yn llyfn ac yn boeth. Â 'nagrau bellach yn grwst hallt ar fy mochau, camais at y goeden nesaf gan godi'r polyn yn uchel uwch fy mhen.

Patatatatatat.

Arhosais yno am oriau, ynghanol y gawod o gnau, yn falch o bob ergyd a chnoc ro'n i'n derbyn wrth wneud. Pob un yn f'atgoffa fy mod i wirioneddol yno. Yn gyfan. Fy nghorff a fy meddwl. Gyda dy gorff a dy feddwl di yno hefyd, yn llifo drwydda fi a'r coed.

Isabel del Mar (1960–2025)
***24 awr*, 1983**
Dileoliad
Pensil a phastel olew

Mae'r braslun brysiog hwn yn aml yn cael ei ystyried fel man cychwyn y triptych enwog *Troad o gwmpas dy ben* (1988). Credir iddo gael ei greu yn dilyn cyfnod o deithio yng ngogledd Cymru gyda ffrind o'r ardal. Ynddo, mae'r artist yn sylwi ar gynildeb y newidiadau a geir o fewn golau dydd yn ystod 24 awr. Mewn llythyr at ei ffrind flynyddoedd yn ddiweddarach nododd, 'Fydd fama byth wir yn teimlo fel adref. Ond byddai'n amhosib gwadu bod halen y môr a gwynt mynyddoedd gogledd Cymru heb dreiddio rhywfaint i mewn i fy nghroen a f'enaid.' Yn wir, symudodd i ardal Pen Llŷn yn ei thridegau ac yno y bu hyd nes i'w hiechyd ddirywio tuag at ddiwedd ei hoes.

el lago

y llyn

Roedd lleisiau'r criw i'w clywed o bell gyda'u sgyrsiau a'u chwerthin yn codi uwchben topiau'r coed pin a churiad dwfn y gerddoriaeth yn crynu drwy'r ddaear. Roedd y pac o gwrw yn fy llaw yn taro yn erbyn fy nghoes a strapiau fy ngwisg nofio'n brathu'r croen o dan fy ngheseiliau.

Ella dylwn i droi'n ôl, meddyliais. Aeth fy ngheg yn sych a churodd fy nghalon yn galetach byth. Byse Sia'n ei helfen yn y fath sefyllfa, ei hegni'n ei hyrddio yn ei blaen wrth iddi gwrdd â phobl newydd. Ei llygaid yn disgleirio wrth ei chael ei hun ynghanol criw o bobl yn gwrando arni'n adrodd un o'i straeon hurt. Ro'n i ar y llaw arall yn cachu brics wrth deimlo mwy nag un pâr o lygaid yn edrych arna i.

Doedd y ffaith nad oeddwn i prin wedi gweld neb drwy'r dydd ddim yn helpu chwaith. Roedd Gwen wedi cadw draw wrth drwsio'r ffens gam ym mhen pella'r buarth a José wedi gadael yn gynnar gan fwmian rhywbeth am salwch y coed o dan ei anadl. Ro'n i wedi treulio'r bore allan yn y caeau'n taro, taro a tharo eto cyn sleifio i'r gwely yn y prynhawn ac aros yno tan i'r gwres golli rhywfaint o'i ffyrnigrwydd. Ro'n i wedi aros yn llonydd fel delw, fy nghorff chwyslyd yn bwydo pryfed bychain a'r rhwymyn o gwmpas fy llaw yn datod yn rhydd. Roedd golygfeydd o fyd y deffro a fy mreuddwydion wedi dechrau clymu'n un.

Brathais fy ngwefus a thynnu'r botel fechan o jin o fy mhoced a chymryd swig arall ohoni cyn ei stwffio yn ôl i'w lle. Pwysais yn erbyn rhisgl garw'r goeden wrth f'ymyl cyn gafael ynddi gyda fy nwy law a gadael fy hun i droelli o'i chwmpas. O gornel fy llygad, drwy'r rhesi o goed unionsyth, roedd criw yn sefyllian ar hyd y traeth. Fflachiodd eu gwisgoedd nofio llachar a siglodd cysgodion y pennau'n y dŵr. Troais o gwmpas y boncyff eto gan wyro fy mhen yn ôl a sylwi ar dyfiant y brigau'n gwthio un yn erbyn y llall, siapiau croes yn yr awyr yn fy rhybuddio. Roedd arogl llysieuol reu yn llosgi fy ffroenau a'r mwg o'r tân wedi dechrau pigo fy llygaid. Stopiais yn stond, fy mhen yn troi ac yn gweld sêr. Doeddwn i heb fwyta trwy'r dydd. Doeddwn i heb glywed dy lais di un waith chwaith.

Cerddais tuag at y criw yn araf bach nes cyrraedd y cyrion. Roedd wyneb y llyn yn ddrych llyfn, gydag adlewyrchiad o'r coed o'n cwmpas yn creu byd cyfochrog yn y dŵr. Tuag at ganol y llyn roedd y glas yn tywyllu digon i awgrymu'r dyfnder oddi tanodd. Meddyliais am yr holl gogls, teganau a gemwaith oedd wedi eu colli yng ngwaelodion y dŵr dros y blynyddoedd. Y pysgod yn gwibio o'u cwmpas wrth i fwd ac algau dyfu drostynt ac i bawb anghofio eu bod nhw erioed wedi bodoli. Ysgydwais fy mhen i drio deffro fy hun ryw fymryn. Ro'n i wedi mynd i deimlo'n felancolic uffernol. Bell o fod yn eidial cyn parti. Edrychais ar y wynebau o fy nghwmpas. Doedd Alejandro ddim yno.

Shit.

Sylwodd neb arna i'n nadreddu drwy'r cyrff oedd yn dawnsio, siarad ac yfed. Trodd fy nhraed tuag at y coed, yn barod i gylchu yn ôl i lawr y llwybr.

'¿Estás perdida?' gofynnodd un o'r merched wrth f'ymyl yn sydyn. Roedd hi'n andros o dal a thenau ac yn gwisgo clustlysau mawr wedi eu gwneud o blu llachar a sgert hir wedi ei lapio yn frysiog o gwmpas ei gwisg nofio.

'I'm looking for Alejandro. ¿Lo conoces?'

'Eres su amiga inglesa, ¿verdad?'

'Galesa,' cywirais hi'n syth.

'Alejandro está por aquí.' Tynhaodd fy mol wrth ddeall ei fod o gerllaw. Gofynnodd y ferch dal i'r ferch wrth ei hymyl a oedd hi wedi ei weld. Roedd y ferch arall, Lucía, yn dawnsio'n araf gyda'i breichiau'n yr awyr a'i llygaid wedi hanner cau. Dechreuodd chwerthin ac estyn ei breichiau am i fyny fel petai'n trio dal rhywbeth yn yr awyr. Roedd hi'n amlwg yn ei byd bach ei hun. Tynnodd y ferch dal Lucía'n agosach ati hi a'i chusanu'n dyner cyn dechrau chwerthin eto. '¡Estás loca!'

Eisteddais wrth ochr y merched a'u criw. Enw'r ferch dal oedd Paloma a chychwynnodd siarad yn afieithus ac agored gyda fi'n syth. Roedd hi'n gweithio mewn siop pizza yn danfon tecawês seimllyd ar ei moto-beic oedd ar farw ers tair blynedd o leiaf. Dynwaredodd y beipen fwg yn syrthio oddi ar y beic wrth chwerthin dros y lle. Roedd ei llygaid disglair yn garedig a'i llais yn chwareus. Doedd hi'n methu siarad llawer o Saesneg ac eglurais nad oeddwn innau'n medru rhyw lawer o Sbaeneg chwaith. Ychwanegais fy mod i braidd yn swil. Ysgydwodd ei phen. 'Nunca es demasiado tarde para aprender.' Dydy hi byth yn rhy hwyr i ddysgu. Doeddwn i ddim yn siŵr a oedd hi'n golygu dysgu iaith neu fagu hyder. Ddywedodd hi ddim am fy nghamgymeriadau nac am fy oedi, fy nhawelwch na fy ngolwg ddryslyd. Teimlais fy sgwyddau'n llacio ac yna fy nhafod wrth i mi'n raddol ymuno gyda'r sgyrsiau oedd yn byrlymu o fy nghwmpas.

Sylweddolais dan gymaint o straen ro'n i wedi bod ar y fferm. Gymaint roedd y tawelwch yno wedi fy mygu. Mai-god, roedd hi'n braf gallu anadlu eto.

Lapiais fy mreichiau o gwmpas fy nghoesau, yn siglo yn ôl ac ymlaen dan chwerthin heb wastad ddeall y rheswm pam. Taniais sigarét arall a'i phasio i Paloma, ond ar hynny daeth llaw o'r tu cefn imi a'i chipio oddi arna i.

'I'm dying for a cigarette,' dywedodd Alejandro gan lanio wrth fy ymyl a chymryd anadl ddofn.

'¡Alejandro!' gwaeddodd Paloma gan agor ei breichiau ar led a'i daclo i'r llawr.

'¡Déjame en paz, tonta!' gwaeddodd Alejandro yn hanner blin, hanner chwerthin. Ysgydwodd ludw o'i wallt wrth orwedd ar ei ochr.

'So you came?' gofynnodd gan edrych arna i a phasio'r sigarét yn ôl.

Codais fy sgwyddau ac agor fy nwylo am i fyny. 'What else is there to do here?'

'The mosquitos got you bad, huh?' ychwanegodd gan sylwi ar y brathiadau cochbiws oedd yn brychu croen fy mreichiau.

'She's a city girl, ¿sí? So obvious,' dywedodd Paloma gan osod ei phen ar lin Lucía a chosi gwaelod ei gên gydag edefyn o laswellt.

'I ... yeah, I suppose so by now. I've moved around a lot.'

'I move nowhere! Not even when I'm on a motorbike.' Pwffiodd Paloma gan esgus gwneud sŵn injan yn methu tanio. Gwthiodd Lucía Paloma yn dyner gan chwerthin.

'So Cat, what made you want to come here then? Are

you Spanish? You look a bit Spanish,' dywedodd Lucía gan droi tuag ata i.

Oedais am eiliad. Roedd llygaid Alejandro'n edrych yn daer arna i. Llyncais eto.

'Estamos aquí para nadar, ¿no?' gofynnodd Alejandro'n sydyn gan ysgwyd Paloma. Cododd y ddwy ar eu traed gan redeg tuag at y dŵr. 'Time to swim!' gwaeddodd Paloma gan ddechrau dadwisgo a gadael ei dillad yn bentwr ar y tywod. Rhedodd y tri i mewn i'r dŵr gan blymio eu pennau i'r dyfnder ac o'r golwg. Tynnais fy nghrys yn araf a'i blygu'n ofalus. Roedd yr eli haul wedi gadael stribynnau gludiog ar fy nillad.

Dechreuais deimlo'n swil eto.

Cadwais fy siorts amdanaf a cherddded yn betrusgar dros y traeth, yn trio peidio gwingo wrth i'r cerrig bigo gwadnau fy nhraed.

Paid â gadael iddyn nhw feddwl dy fod ti'n loser llwyr, meddyliais wrtha i fy hun.

Roedd oerfel y dŵr yn falm ar ôl gwres clòs y dydd. Roedd y lan wedi'i chymylu'n wyrdd gyda'r algau oedd yn slic dan draed. Yn sydyn daeth sŵn rhedeg tu ôl i mi a rhuthrodd rhyw foi i mewn i'r llyn gan wneud i mi lithro ar garreg dan droed a syrthio i mewn.

O dan y dŵr, roedd popeth yn dywyll heblaw am belydrau haul yr hwyr brynhawn yn goleuo stribedi melynwyrdd yng nghrombil y llyn. Lapiodd y tawelwch o fy nghwmpas. Dim ond sŵn y swigod aer yn codi o fy ngwefusau oedd i'w clywed. Roedd ffurfiau cyrff i'w gweld yn y pellter, coesau'n cicio a breichiau'n chwifio. Dechreuodd fy ysgyfaint losgi a gwthiais yn erbyn y gwaelod er mwyn cyrraedd yr arwyneb.

Roedd Paloma, Lucía ac Alejandro ychydig pellach draw a nofiais tuag atynt yn araf, fy mreichiau'n dynn gyda'r ymdrech a f'anadl yn drwm.

Sythais fy nghoesau i wirio bod fy nhraed yn dal i gyffwrdd y llawr.

'The water's good, yes?' gofynnodd Paloma wrth fy ngweld yn agosáu. Roedd ei gwallt yn diferu'n wlyb ac wedi ei gribo'n ôl fel bod modd gweld ei hwyneb llydan, hardd i gyd. Roedd Lucía'n arnofio ar ei chefn ac Alejandro â'i freichiau oddi tani yn ei dal fyny.

Ro'n i wedi dechrau crynu, fy nannedd yn clecian.

'Are you cold?'

'Hmm. City girl,' dywedais gan wenu. 'I'll get used to it.' Plymiais fy mhen eto o dan yr arwyneb, yn mwynhau teimlo ysgafnder fy nghorff a'r rhyddid o symud drwy'r dŵr. Troellais o gwmpas sawl gwaith gan ymestyn fy mreichiau am allan. Arafodd fy meddyliau i gyd-fynd â'r llonyddwch. Doeddet ti'n methu fy nghyrraedd yn fama. Na José, na Gwen. O dan arwyneb y dŵr, roedd modd anghofio'r cwbl lot. Yr hollt yn fy llaw, llygaid José, dy lais yn mynd a dod, ias Gwen, sychder y tir.

Heb sylwi, ro'n i wedi nofio ymhellach oddi wrth y tri ac yn agosáu at y lan. Crynais eto, gan deimlo brathiad yr oerfel. Baglais dros y cerrig mawr oedd yn cuddio yng ngwaelodion tywyll y dŵr. Daeth sŵn sblash tu ôl i mi a throais i weld bod Alejandro'n cerdded allan hefyd. Baglodd yntau dros un o'r cerrig a gafaelais yn ei law i'w helpu i godi. Roedd croen ei arddwrn yn llyfn a'i bwls yn curo'n ysgafn o dan fy mysedd. Edrychodd y ddau ohonom ar ein gilydd am eiliad. Gollyngais ei arddwrn yn sydyn a cherddais tuag at fy mhentwr o ddillad. Lapiais y lliain o 'nghwmpas, yn falch o allu cuddio fy hun eto. Taflodd

Alejandro ei liain ar y llawr a gorwedd arno, yn gadael i'r heulwen sychu'r diferion oddi ar ei groen llyfn. Eisteddais wrth ei ymyl, yn pigo ar wreiddyn o rosmari gwyllt wrth fy nhroed.

Roedd y dŵr wedi ei oleuo'n euraidd a'r haul yn dechrau llithro tu ôl i'r coed.

'Thank you,' dywedais gan ddal i edrych yn syth ymlaen tuag at y llyn.

'Huh?' Roedd ei lygaid yn dal ar gau.

'Earlier, distracting. I don't know how to talk about my mum. Even though that's why I'm here.' Chwarddais yn dawel.

'That's okay. It sounds quite rough.'

'Sometimes, more often than it should, maybe. She died, about a year ago. She was ill for a while before then.'

'Sorry.'

'It's okay. It was complicated, she was complicated. We weren't super close over the last few years.'

'I don't think that makes it any easier,' dywedodd gan agor ei lygaid a throi ei ben i edrych arna i. 'You must really miss her.'

'It was so painful straight after she died. As if it was scarping my insides out. Now I just feel numb, to be honest.'

'Did your mum not ever talk about her childhood here then?'

'Never. Not until her very last day. All I know is that she moved to Wales when she was in her thirties.'

'And what about your dad?'

'I never knew him either.'

'So it was just the two of you?'

'Yeah. She worked a lot, odd jobs here and there. And painting. She was always, always painting.'

'And you didn't speak Spanish with her?'

'She didn't really like to. That's why my Spanish is so shit,' dywedais gan chwerthin yn dawel.

'You sound pissed off.'

'Do I? I guess it feels like I've been denied something.'

'Yeah, I get that. I can teach you if you like. You can help with my English.'

'You don't need my help!'

'Teach me Welsh then.'

Chwarddais ac estynnais am botel gwrw wrth fy ochr a'i chynnig iddo.

'What about you then? Is it just you and your dad?'

'Yeah, my mum went back to live in Barcelona after they divorced.'

'How often do you see her?'

'Not so much. Twice a year maybe.'

'I'm sorry.'

'It is what it is,' meddai gan gymryd cegiad fawr o'r botel.

'Why business and commerce?' gofynnais wrth ddeall ei bod hi'n well newid trywydd y sgwrs.

Gwnaeth stumiau cyn cymryd llowc arall o'r botel. 'My dad thought it would be a good idea.'

'Ah, I see. What would you do if it was up to you?'

'Ha! I would never set foot in that university again. I'd ...'

'What?'

'I like to climb.'

'Why don't you?'

'I do, I just ... I'd love to do it all the time.'

'Wouldn't your parents be okay with it? If you talked to them?'

'My mum would, my dad ... He can also be a bit complicated.'

'Parents. They mess you up, don't they?'

'I guess they were messed up back in their day too.'

'Hmm,' cytunais yn dawel.

'How's José been with you?' gofynnodd wrth lygadu'r graith oedd yn ffurfio ar fy llaw.

'He's ... Something happened between them. My mum and him, I mean. Something he can't let go of. I just don't know what.' Es i'n dawel a chymerais swig arall o'r botel yn fy llaw. 'Should we go back to the party?' gofynnais wrth sylwi bod y tân yn cynnau'n gochach yn y pellter a churiad y gerddoriaeth i'w glywed yn uwch. Roedd ein llecyn heulog bellach yn y cysgod.

'Yeah,' atebodd Alejandro. Arhosodd y ddau ohonom yn llonydd heb symud ac yna cododd Alejandro ei law yn araf a chyffwrdd fy ngwallt yn ysgafn. 'I like your freckles.'

Crychais fy nhrwyn, gan deimlo fy hun yn cochi.

'I like your tattoo,' sibrydais. Ro'n i eisiau estyn allan a chyffwrdd ei ffêr yn ysgafn, teimlo ei groen meddal a chylchu'r lleuad yn araf.

Edrychais ar fy nwylo, ar y llaw gyda'r toriad coch hyll ar hyd ei chledr, a gwyrais yn ôl. Tynnodd Alejandro ei law i ffwrdd a gadael iddi syrthio'n drwm wrth ei ochr. Gwenodd yn fwyaf sydyn a chododd ar ei draed.

'Paloma and Lucía will be wondering where we've gone.' Ysgydwodd y tywod oddi ar ei goesau a gwisgodd ei grys yn ôl amdano.

Cerddom yn ôl at y criw heb ddweud gair, fy mochau'n dal i losgi.

Ffoc-sêc, Cat. Be sy'n bod efo ti?

Cadwodd Alejandro draw am weddill y noson. Ro'n i wedi gorffen fy mhac o gwrw ac wedi dechrau ar stash rhywun arall oedd wedi ei hanner claddu'n y tywod.

'Are you going to walk back to the finca?' gofynnodd Paloma wrth fy ngweld yn dal y botel wyneb i waered i wirio ei bod hi wir yn wag.

'Yeah, yeah probably,' dywedais gan godi a baglu ryw fymryn.

'But it's ages away. It'll take you hours in the dark. Stay here tonight. A group of us are camping,' ychwanegodd yn garedig.

'Are you?'

Nodiodd. Trawais fy mhen-ôl ar y tywod yn ddiolchgar. Roedd hi'n lleuad lawn. Neu bron yn llawn. Roedd hollt fechan ohoni ar goll.

'¿Dónde está Lucía?' gofynnais, fy mhen a'm llygaid yn dechrau teimlo'n drwm.

'She's asleep, there just next to you,' atebodd Paloma gan stwffio ei siaced o dan fy mhen.

Edrychais o gwmpas a gwelais gyrls Lucía'n bentwr dros ei hwyneb.

'And she's okay?'

'Don't worry about her, she's okay.'

Pwysais fy mhen yn ôl ar siaced Paloma, yn cael fy swyno gan y rhimyn glas llachar o gwmpas y lleuad. Cusanodd Paloma flaen ei bys a'i osod yn ysgafn ar fy nhalcen. 'That's nice,' sibrydais.

'It seems very busy in there,' dywedodd gan ollwng ei phen ar y tywod wrth fy ymyl.

Deffrais y bore wedyn yn gafael yn nwylo Paloma a Lucía bob ochr i mi. Roedd fy mhen fel petai'n cael ei gywasgu'n dynn a fy ngheg mor sych â'r tir llychlyd o fy nghwmpas. Cropiais allan o afael y ddwy oedd yn dal i gysgu'n sownd. Roedd cyrff llonydd wedi eu gwasgaru ar hyd y traeth, yn debyg i ryw olygfa apocalyptaidd. Sylwais ar wallt tywyll Alejandro'n y pellter ond troais fy nghefn arno a sleifias yn ôl i gyfeiriad y coed.

Cymerodd hi dros awr i mi gyrraedd llwybr llychlyd y finca. Yn y pellter roedd ffigwr José i'w weld yn pwyso'n erbyn y wal gerrig. Blinciais sawl gwaith i gael gwared o'r llwch yn fy llygaid. Pan gliriodd fy ngolwg, roedd o wedi diflannu, fel petai shutter camera wedi cau a'r olygfa wedi ailosod ei hun. Ella fy mod i wedi ei ddychmygu. Ella fy mod i wedi colli arni go iawn erbyn hyn. Gwen oedd wrth y cwt geifr pan gyrhaeddais y buarth. Ei llaw'n pwyso'n ysgafn yn erbyn pen un o'r rhai lleiaf. Estynnodd am y bwced a'r gyllell finiog oedd yn hongian oddi ar y bachyn a'u pasio imi.

Cymerais y bwced yn araf bach a llusgais fy nhraed i gyfeiriad y bryn o gactws.

'Am eiliad ...' meddai Gwen tu ôl i mi'n sydyn. Troais i edrych arni. Roedd ei llygaid glas yn edrych yn oleuach byth yng ngolau'r bore. 'Am eiliad, fyswn i 'di taeru mai Isabel oedd yn cerdded i lawr y llwybr.' Ysgydwodd ei phen cyn ailddechrau sgubo llawr y beudy.

Llusgais fy nhraed ar hyd y buarth gan faglu dros bentwr o gerrig oedd wedi syrthio o'r wal isel. Roedd y golau boreol yn rhy lachar o lawer. Cyrhaeddais y cae a dechreuais hollti'r ffrwyth cochbiws, fy symudiadau bellach yn fecanyddol. Llenwais y bwced ac arhosais yn stond, yr awel yn gostegu fy nghur pen ryw fymryn. Gosodais fy llaw ar fy moch yn ysgafn, fy nghroen yn llosgi gyda phigiadau'r cactws a'r atgof o gyffyrddiad cynnes.

Isabel del Mar (1960–2025)
Perdida **('Ar goll'), 1985**
Madrid
Ffilm

Er i'r cyfnod ym Madrid fod yn dyngedfennol yn natblygiad ei harddull – amlygodd themâu ffeministaidd a gwrthsefydliadol eu hunain fwyfwy – profodd yn drychinebus ar lefel bersonol. Mae'r ffilm brin hon yn dilyn yr artist am ddiwrnod cyfan yn ei bywyd. Credir mai ei ffrind Gwen Roberts oedd tu ôl i'r camera ac yn gyfrifol am y gwaith golygu. Er i'r artist fod yn ymwybodol ei bod yn cael ei ffilmio, gellir gweld bod ei hiechyd yn dirywio wrth iddi lusgo ei hun drwy fwrlwm y strydoedd. Er ei bod hi'n wastad wedi ei hamgylchynu gan eraill, cawn yr argraff ei bod yn profi unigedd dwys.

oscuridad

tywyllwch

Am fethiant llwyr. Mega fflop. Roedd yr omlet ro'n i wedi'i baratoi wedi llosgi o gwmpas yr ymylon a'r canol wedi troi'n slop gwlyb ar y plât. 'Dywedwch rywbeth, José! Gwen!' mwmiais i fi fy hun mewn rhwystredigaeth wrth edrych ar y ddau ffigwr mud o fy mlaen. Taflwch y peth ar y llawr, mae'r peth yn hollol afiach. Ond tawel oedd swper y noson honno eto, gyda'r golau wedi ei dynnu'n isel dros ein pennau a gwich ein ffyrc ar y platiau'n llenwi'r bylchau hirion yn y sgwrs. Roedd cadeiriau'r ddau wedi'u troi i ffwrdd oddi wrth ei gilydd a'u llygaid yn gwrthod cwrdd. Roedd José'n edrych i lawr ar ei blât tra rhythai Gwen yn syth o'i blaen, yn bell dros fy ysgwydd. Cododd José'r badell a chrafu croen yr omlet wedi llosgi gyda blaen ei gyllell cyn llwyo'r cwbl i mewn i'w geg. Cleciodd wydraid arall o win ac yna gosododd ei law ar y bwrdd, ei fysedd cyhyrog wedi eu lledaenu, yn olrhain graen y pren yn araf. Gwingodd Gwen ryw fymryn bob tro y trawai ei wefusau yn erbyn ei gilydd yn swnllyd.

Roedd fy mhrynhawn wedi diflannu yng nghornel bellaf y patio, yn plicio'r cnau almon oedd wedi eu cynaeafu'r diwrnod cynt. Ro'n i wedi gosod pob cneuen yn ofalus ar y lliain bwrdd oedd wedi ei ledaenu dros y cerrig llydan, y croen o dan fy ewinedd yn cochi'n dyner wrth i'r pentwr o blisgennau dyfu. Roedd yr oriau wedi llithro'n ludiog heibio, fy nghefn wedi crymu ymlaen a fy nwy benelin yn dechrau cloi'n sownd gyda'r ymdrech. Cefais fy neffro'n sydyn gan y gwynt yn codi'n ddisymwth o 'nghwmpas. Profais eiliadau o deimlo'n swrth ac ar goll, y defnydd yn chwyddo'n donnau wrth i'r awel gynnes chwipio o f'amgylch. Gwasgarodd y cnau ar led a rowlio i bob cwr o'r patio.

Joder.

Dim ond Milo oedd wedi bod yno i fy ngweld, ei lygaid yn fy nilyn yn ddiog o'r cysgod o dan y gadair wrth i mi gropian o gwmpas yn trio dod o hyd i bob un. Ro'n i'n gallu teimlo dy wên yn cynhesu cefn fy mhen wrth i mi straffaglu ar hyd y patio. 'Ti'n mwynhau hyn, yn dwyt?' gofynnais wrth i fy nwylo chwilio'n y pridd o gwmpas y borderi bach a 'mhengliniau'n cael eu tolcio eto fyth gan y cerrig. Dim ateb. Roeddet ti wedi mynd yn dawel. Sawl awr dreuliaist ti ar y buarth 'ma? Ro'n i wedi craffu ar y lluniau roedd Sia wedi eu hanfon ata i droeon bellach ac yn dechrau dod i adnabod y finca drwy dy lygaid di. Yr haul tanbaid, patrymau troellog y coed, a'r ergyd o ddicter yn trywanu pob llun. Dechreuodd fy nwylo ffurfio patrwm gyda'r cnau, gan greu llinyn hir yn cylchu i mewn ac allan ohono'i hun. Edmygais y ffurf ro'n i wedi'i chreu am eiliad cyn chwalu'r cwbl gyda fy nhraed. Llanast llwyr.

'Mae'r tywydd 'ma am ein lladd ni,' dywedodd José yn dawel o'r diwedd wrth i'w law galedu'n ddwrn. Edrychodd tuag at Gwen a arhosai'n fud, ei gwefusau wedi eu pwytho ar gau. 'Gwen? ¿Me estás escuchando?' gofynnodd gan rythu arni. 'Does dim gobaith dod trwy hyn.' Parhaodd Gwen i'w anwybyddu. Wedi iddo ddeall nad oedd o am gael unrhyw fath o ymateb ganddi, ochneidiodd yn drwm, crafodd ei gadair am yn ôl a chododd yn araf. 'Lle mae'r gwin?' gofynnodd yn sydyn gan edrych o'i gwmpas. 'Gwen?' gofynnodd eto wrth wyro drosti. Gwthiodd hithau ei chadair yn ôl a thaflodd y ddresel ar agor gan estyn am botel o win coch. Camodd José ati gan anelu am y botel. Ochrgamodd Gwen i'w osgoi gan dynnu'r corcyn allan gyda chlec.

Edrychais o'r naill i'r llall gan ofni'r gwaethaf.

Eisteddodd José'n ôl ar ei gadair gan chwifio at y gwydr gwag o'i flaen. 'Stopia fod yn wirion rŵan, tollta bach o win i mi.' Daeth y gorchymyn yn dawel ac yn chwyrn. Camodd Gwen yn nes, fel petai am weini arno, cyn codi ei braich a thollti gweddillion y botel dros y llawr a chan wenu'n fodlon. Ebychodd José, ei lygaid ar dân a'i wefusau tew yn crynu'n ddig. Rhewodd y ddau am eiliad boenus o densiwn.

Ro'n i'n gegrwth.

'Gobeithio 'nei di bydru'n ddim. Ti a'r lle 'ma,' meddai José'n dawel o'r diwedd cyn gwthio ei wydr i'r llawr gyda chlec. Malodd yn deilchion. Oedodd am eiliad fel petai am ymddiheuro, cyn mynd yn ei flaen tuag at dywyllwch y buarth. Blinciodd Gwen sawl gwaith wrth glywed injan y fan yn tanio ond arhosodd yn llonydd.

'Gwen? Ti'n iawn?' mentrais wrth estyn llaw ati dros y bwrdd.

Cododd ar ei thraed a chamu i ffwrdd oddi wrtha i, yn union fel petawn newydd gynnig gwenwyn iddi.

'Mae o'n iawn. Hwn fydd ein haf olaf yma,' meddai gan ddechrau cerdded ar hyd y stafell.

'Ydy ... ydy pethau wirioneddol mor ddrwg â hynny?' gofynnais gan godi o fy nghadair i agosáu ati. Edrychodd arna i'n syn. 'Oes raid i ti aros yma?' gofynnais, yn ddigon agos erbyn hyn i osod llaw ar ei hysgwydd. Chwipiodd fy llaw i ffwrdd yn syth.

'Ti'n deall dim,' atebodd â'i llais yn galed.

'Dwi'n deall dim achos does 'na neb yn egluro dim,' meddwn gan deimlo fy rhwystredigaeth yn berwi drosodd. 'Ond dwi'n gweld digon i ddeall bod gennyt ti ofn.'

'Ofn José? Byth!' atebodd.

'Na, nid y fo. Ofni'r byd tu hwnt i'r fferm 'ma,' dywedais gan synnu clywed fy hun mor hy.

Brefodd un o'r geifr yn y cwt tu allan.

'Ma'n rhaid i fi fynd,' dywedodd Gwen.

'Ti'n methu osgoi'r cwbl,' dywedais wrth iddi gerdded heibio.

'A be wyt ti'n ei neud yma mewn gwirionedd? Dysgu am hanes Isabel neu drio dianc? Ella 'mod i'n cuddio yma, ond dwyt ti ddim llawer gwell,' dywedodd cyn dilyn José i ganol tywyllwch y buarth.

Ro'n i ar fy mhen fy hun. Dim ond fi a'r niwl o bryfed yn cylchu'r golau gwan uwch fy mhen. Anadlais yn ddwfn a difaru agor fy ngheg. Llosgodd fy nghlustiau gyda thân ei geiriau.

Gwell peidio gwybod y gwirionedd weithiau, dywedaist. Roeddet ti'n dy ôl, felly.

Sychais fy nwylo ar fy nhrowsus ac edrychais o fy nghwmpas. Roedd y drws tuag at y buarth yn dal ar agor a daeth awel i fy nghofleidio gan gario arogl y teim oedd yn tyfu ar y stepan drws. Aflonyddodd rhyw greadur o dan bentwr o ddail sych. Edrychais dros fy ysgwydd eto, yr aer o fy nghwmpas wedi swatio'n gysglyd o lonydd ar ôl anhrefn y swper. Camais i fyny'r grisiau ac i'r coridor.

Rhaid bod yna ryw atebion yn rhywle.

Es i heibio fy stafell wely a'r stafell folchi. Hwn oedd y tro cyntaf i mi fentro mor bell â hyn i lawr y coridor cul. Tynnais fy ffôn o 'mhoced, y tortsh yn taflu stribyn o lwybr arian o fy mlaen. Sylwais bryd hynny fod y drws ar y dde i mi'n gilagored. Pwysais flaenau fy mysedd arno'n ysgafn, yn trio osgoi gwneud iddo wichian.

Roedd gwely dwbwl isel heb ei wneud ynghanol y stafell, y gynfas wedi ei thaflu'n flêr i waelod y ffamyn. Ar un ochr y gwely roedd pentwr o ddillad budron wedi ei adael bob sut ar y llawr, gyda chalon afal wedi sychu'n frown a chwpanaid o goffi ar ei hanner gerllaw. Wrth ben arall y gwely, roedd llyfr a phensil wedi eu gosod ar y gobennydd a thusw o flodau gwyllt yn sychu wyneb i waered ar y wal uwchben. Wrth i mi symud fy ffôn o gwmpas, daeth amlinelliad o ddresel Gymreig, dywyll i'r amlwg yng nghornel y stafell a photiau o eli, sbectol a sgarffiau gwallt lliwgar yn ei haddurno. Gwthiais fy hun ymhellach i mewn i'r stafell, gan agor y bocs pren plaen oedd yn llechu ar silff uchaf y ddresel. Roedd potel o bersawr yn cuddio ynddo, yr hylif euraidd yn pefrio yng ngolau'r ffôn. Agorais y botel gron a'i chwistrellu ar fy ngarddwrn gan lenwi fy ffroenau gydag arogl ffrwythau a fanila.

Arogl cyfarwydd. Dy arogl di.

Caeais y botel a'r bocs pren gyda chlec. Troediais y mat oedd wedi ei wisgo'n garpiau, fy mhwysau'n symud o'r naill droed i'r llall. Craffais o fy nghwmpas eto, ar y fatres lympiog, y canhwyllau bron â llosgi'n ddim, y pentwr o bapurau gyda stampiau swyddogol yr olwg arnynt. Roedd haenau ar ben haenau o fywyd yma. Bywydau. Roedd y pellter rhwng José a Gwen i'w deimlo ym mhob cwr o'r annibendod trist.

Es i draw at y silffoedd llyfrau lle cafodd fy llygaid eu denu gan glawr brau. Albwm lluniau. Agorais y clawr yn dringar i osgoi tynnu ar yr edafedd a ddeuai'n rhydd mewn mannau. Roedd y tudalennau'n gorlifo â lluniau.

Gwen a José'n ifanc.

Gwen yn cario llond braich o goed tân, ei phen wedi ei daflu'n ôl wrth chwerthin.

José gyda gwallt hyd at ei sgwyddau'n eistedd ar lawr yn bwyta grawnwin mewn gwinllan, ei fochau wedi'u sugno am i mewn a'i lygaid yn groes.

Gwen yn y gegin yn gosod teils, ei gwallt golau yn rhaffau hir i lawr ei chefn.

José'n pwyso yn erbyn cryman anferthol mewn cae o flodau haul.

Crafodd cornel llun fy mhenelin. Tynnais arno er mwyn gallu ei weld yn well a sylwi ar y sgribl ar y cefn.

'El verano de los sueños y las pesadillas.'

'Yr haf o freuddwydion a hunllefau.'

A dyna lle roeddet ti.

Ti'n dy ugeiniau. Ro'n i'n gallu adnabod dy lygaid crynion a dy gyrls tywyll. Roeddet ti'n eistedd ar y fainc tu allan i'r gegin, dy freichiau wedi eu croesi a golwg haerllug ar dy wyneb. Oedden ni wir yn debyg i'n gilydd? Doeddwn i ddim yn siŵr a oeddwn i erioed wedi teimlo'r fath hyder. Llithrais y llun i mewn i fy mhoced a stwffiais yr albwm yn ôl ar y silff. Caeais ddrws y stafell a baglais yn ôl i ganol tywyllwch y coridor. Dros y ffordd, roedd drws arall. Gwthiais yn ei erbyn. Dim symudiad. Ysgydwais yr handlen eto'n fwy chwyrn. Wedi cloi. Ciciais y pren mewn rhwystredigaeth. Yn y pellter daeth sŵn drws y Berlingo'n agor a chau a thraed yn crafu ar hyd llawr y gegin. Diffoddais dortsh y ffôn ac arhosais yno'n y tywyllwch yn gweld dim, ond yn teimlo gwefr fwyaf sydyn yn tanio fy nghorff. Pesychodd José'n swnllyd cyn dechrau rhegi o dan ei anadl wrth agor a chau cypyrddau'r gegin. Gwthiais fy llaw i mewn i boced fy nhrowsus a bodio corneli pigog y llun.

'Ti yma hefo fi, yn dwyt?' sibrydais yn y tywyllwch.

Siempre, daeth dy ateb yn syth. *Byth a hefyd*.

Isabel del Mar (1960–2025)
***El invierno largo* ('Y gaeaf hir'), 1986**
Andalusia
Paent olew

Gadawodd yr artist y brifddinas o dan amgylchiadau anodd wedi iddi brofi perthynas docsig a mynd yn gaeth i gyffuriau. Penderfynodd symud yn ôl i fferm ei phlentyndod a byw gyda'i brawd er mwyn adennill ei nerth a gwella. Arhosodd yno am flwyddyn. Mae'r paentiad cain hwn yn cyfleu'r profiad o ddychwelyd i leoliad ei phlentyndod gyda motiff y cylchoedd yn cael ei ailadrodd dro ar ôl tro. Mae'n anodd gwybod ai ymdeimlad o garchar neu un o hafan ddiogel y mae'r rhain yn eu cyfleu.

raíces

gwreiddiau

Roedd wythnos wedi mynd heibio ers i mi lanio yn y finca bellach ac roedd fy nghorff yn dechrau deffro, cryfhau, caledu. Ro'n i'n cyfarwyddo gyda phatrwm dyddiau hir y fferm, yn deffro'n naturiol gyda thoriad y wawr ac yna'n gweithio tan i'r haul godi'n chwilboeth. Roedd tawelwch trwchus wedi lapio'i hun o gwmpas y finca a'r tri ohonom wedi ein hynysu oddi wrth ein gilydd. Gallai diwrnod cyfan fynd heibio heb i ni siarad, heblaw am gael cip o silwét ein gilydd yn y pellter. Ddiwedd dydd, wrth i'r haul ymollwng i gôl y gorwel a hwnnw'n bowdr o sialc coch, ro'n i wedi dechrau mentro'n bellach i'r caeau. Roedd fy nhraed yn troedio ar hyd hen lwybrau oedd wedi eu cuddio gan ordyfiant ac yn baglu dros wreiddiau a wehyddai i mewn ac allan o'r pridd. Cosai rhisgl garw'r coed flaenau fy mysedd. Y noson honno, roedd un o'r llwybrau wedi fy arwain at bentwr o greigiau, pob un o leiaf ddwywaith fy uchder. Dringais arnynt a gorweddais yno nes bod ehangder y sêr yn ymestyn allan uwch fy mhen. Roedd y lleuad yn llawn ac yn chwarae mig bob hyn a hyn rhwng clystyrau glasbiws y cymylau.

Mae gen ti ofn y tywyllwch. Ti 'di anghofio? sibrydaist yn fy nghlust wrth i mi deimlo'r graig oddi tanaf yn oeri.

Roedd hynny'n wir. Am flynyddoedd ro'n i'n cysgu gyda'r cyrten ar agor i adael stribyn o olau'r stryd i mewn, yn gweld symudiadau bygythiol yn siglo yng nghorneli'r stafell. Ond roedd rhywbeth yn wahanol am y nosweithiau yn y finca, rhywbeth oedd yn llwyddo i dawelu'r ofn. Gollyngais anadl hir i'r tywyllwch wrth i fy nghorff ddiosg blinder y diwrnod. Arhosais yno am sbel, yn ymestyn fy mreichiau am i fyny a theimlo fy asgwrn cefn yn ailosod ei hun. Anwesais y graig dan gledr fy llaw, wedi ei llyfnu'n dywyllach ac yn fwy slic gan flynyddoedd o draed a dwylo eraill. Pwy arall oedd wedi gorwedd yma? Dechreuodd creaduriaid bychain grwydro ar hyd fy nghroen. Am unwaith, gadewais i fi fy hun ymalcio'n llwyr o dan brysurdeb eu cyffyrddiad. Roedd rhywbeth braf am y syniad eu bod nhw'n meddwl fy mod i'n rhan o'r graig hefyd.

Cofia mai dros dro y mae hyn, dywedaist gyda thaerineb yn dy lais.

Oedd hi'n ddrwg o beth dechrau teimlo'n gartrefol yma?

Syrthiais yn ddyfnach i ganol breuddwydion lliwgar, pytiog, blêr. Roedd treigl amser yn dilyn eu patrymau a'u rheolau eu hunain yma, y rhaniad rhwng y gorffennol a'r presennol yn colli nerth. Deffrais gyda'r wawr, fy nghorff wedi'i fferru'n belen dynn. Ro'n i'n stiff i gyd. Diawliais fy hun am fod mor wirion â threulio noson gyfan ar ben craig.

Ond wrth imi sythu fy mreichiau a fy nghoesau'n araf bach, llifodd teimlad o'r newydd drwy fy nghorff a phigo fy nghroen. Roedd deffro o dan yr awyr agored yn gwneud i ti deimlo'n wahanol. Fel petai ffiniau dy gorff yn cael eu niwlo a'r byd tu allan yn llifo am i mewn a dy du mewn yn llenwi'r tu allan.

Ella 'mod i'n dal i freuddwydio. Ella nad oedd fawr o wahaniaeth bellach.

Stopiais yn fy unfan am ennyd i wylio'r awyr yn cynhesu a goleuo uwch fy mhen. Roedd harddwch y lle wedi cael gafael arna i. Lle gynt ro'n i'n gweld sychder diffaith, ro'n i bellach yn gweld bywyd yn llenwi pob cwr. Doedd y lle 'ma ddim yn llonydd o bell ffordd. Roedd cynnwrf i'w deimlo yn y pridd o dan fy nhraed. Tynnais sawl llun o'r coed o fy nghwmpas. Ro'n i wedi clywed José'n sôn y buasai rhaid eu torri i gyd o fewn y mis. Amhosib dychmygu'r tirwedd hebddynt.

Clic-clic.

Syllais ar sgrin y camera eto, gan deimlo rhywbeth anghyfarwydd yn treiddio drwydda i. Balchder. Roedd y lluniau'n dda – doedden?

*

'Fyddi di'n gallu dod i'r sioe diwedd blwyddyn ti'n meddwl?' holais ar y ffôn gan frathu fy ngwefus wrth aros am dy ateb. Arhosaist yn dawel ar ben arall y lein. Ro'n i'n gallu dy ddychmygu yn ôl adref wrth fwrdd y gegin yn cymryd sip araf o dy goffi cryf. Pinsiais y croen tu mewn i 'mraich yn galed. Roedd dy dawelwch yn fyddarol.

'Mam?' gofynnais eto.

'Dwi ddim yn meddwl fydd o'n bosib tro 'ma. Dwi'n eithaf prysur ar hyn o bryd.'

'Hefo be?'

'Prysur, Cat. Jest prysur,' daeth dy ateb yn ôl yn ddiamynedd.

'Ti ddim yn malio shit, nag wyt? Dyna'r gwirionedd.'

‘Ti’n dweud dy hun dwyt ti ddim yn meddwl aros blwyddyn nesaf beth bynnag,’ atebaist yn frysiog.

‘Sgwn i pam does gen i’m hyder yn fy ngwaith os dwyt ti ddim hyd yn oed ...’

‘Paid â beio fi am beidio gallu sticio iddi. Fyswn i ’di lladd i gael y fath gyfle sy gen ti, a sbia arnat ti’n gwastraffu’r cwbl.’

‘So ti ddim am ddod?’

‘Ti ddim wirioneddol isio fi yno. Fydda i jest yn dy neud di’n anghyfforddus.’

‘Be ti’n feddwl o fy ngwaith? Fatha acshyli go iawn yn meddwl?’ gofynnais gan ddifaru gwneud yn syth.

Tawelwch eto.

‘Mam?’ prociais, yn aros am yr ergyd.

‘Dwi jest ddim wir yn teimlo bo’ dy galon di’n y gwaith.’

Pwysais ar y botwm i ddiweddu’r alwad.

*

Camais i mewn i’r tŷ a mynd yn syth i gael cawod oer i fy neffro. Am unwaith ro’n i wedi codi cyn Gwen a José. Cerddais ar hyd y coridor a gwthio’n erbyn y drws dan glo. Fy nefod foreol newydd. Rhag ofn. Hyd yn hyn, roedd y pren trwm wedi aros yn styfnig o ddisymudiad. Ochneidiais ac yna rhuthrais yn ôl allan i’r buarth, gan roi’r camera o gwmpas fy ngwddf a bachu llond llaw o ffigys o’r goeden wrth fynd heibio. Croesawais wres yr haul ar fy nghorun gwlyb.

Roedd tu mewn y cwt geifr wedi’i oleuo’n ysgafn, yr aer yn drwchus gydag arogl gwair a phridd. Gyda’u llygaid meddal a’u trwynau’n crychu, roedd y geifr bellach wedi arfer gyda fy nghwmni ac yn dod yn nes ata i, gyda rhai ohonynt yn ddigon dewr i rwbio eu hunain yn erbyn fy nghoesau. Chwarddais yn dawel wrth i un gnoi fy llawes, yn tynnu arni'n ysgafn.

Ffocin annwyl, roedd rhaid cyfaddef y peth.

Gwasgarais y porthiant ar hyd y llawr, gan eu gwylio'n brysio at ei gilydd, yn awyddus i hawlio eu siâr gyda'u carnau bach yn clicio'n erbyn y cerrig wrth iddynt fwyta. Gafaelais yn y brwsh gan sgubo'r llwch a'r gwellt yn bentwr taclus, y rhythm meddal yn cymryd meddiant o fy nghorff. Byse Sia'n chwerthin wrth fy ngweld i wrthi fel hyn, yn ymddangos mor gyfforddus yn eu plith. Be faset ti'n ei ddweud? Gwenu efallai, wrth gofio cymaint ro'n i'n arfer cwyno am gael fy magu mewn ardal wledig a pha mor desbret ro'n i i adael am y ddinas.

*

Ro'n i'n sbecian arnat ti drwy ddrws cilagored dy stafell wely.

'Tyrd mewn,' dywedaist gan ddal i wynebu dy îsl. Synnais wrth glywed y gwahoddiad prin a rhuthrais i mewn cyn i ti gael cyfle i newid dy feddwl. Eisteddais ar y gwely oedd heb ei wneud, gan dycio fy nhraed o dan y cynfasau trwm a suddo i'r gobennydd tu ôl imi.

'Be ti'n ei deimlo wrth edrych ar hwn?' gofynnaist wrth droi ata i a phwyntio at y darlun gyda dy frwsh paent. Cylchoedd melyn cynnes yn ailadrodd eu hunain drosodd a throsodd gyda rhimyn o goch yn diferu allan ohonynt.

'Dryswch,' atebais gan obeithio fy mod wedi cael yr ateb yn iawn. Brathaist dy wefus waelod a throi'n ôl at y darlun. 'Be 'di o?' gofynnais gan boeni fy mod wedi dy siomi. 'Be wyt ti'n ei deimlo?'

'Atgof. Atgof sydd tu hwnt i 'ngafael i.' Dechreuaist sychu blaen dy frwsh gyda hances. 'Neu ella mai jest gafr waedlyd ydy o. Pwy a ŵyr?'

'Gafr?' gofynnais mewn syndod gan droi fy mhen i'r ochr, yn ymgolli yn y cylchoedd.

*

Gwthiodd un o'r geifr flaen ei thrwyn i fy llaw yn hanner gobeithio dod o hyd i fwy o borthiant. Anwesais dop ei phen a chamais yn ôl i'r buarth. Gafaelais yn y beic oedd yn pwyso yn erbyn wal y cwt a dringo arno. Roedd y gadwyn wedi rhydu ond roedd o i'w weld yn mynd yn iawn. Roedd fy nghorff wedi canfod egni newydd heddiw a'r awydd i symud yn rhedeg yn gerrynt drwydda i. Dechreuais bedlo i lawr y llwybr tua'r ffordd, yn falch o deimlo fy nghoesau'n gweithio'n galed. Gwibiodd y gwynt yn gynt heibio fy nghlustiau wrth i mi fynd i fyny ac i lawr yr allt tua'r pentref gan anwybyddu cryndod dy lais yn fy nghlustiau. Gan anwybyddu cylch melyn llachar yr haul uwch fy mhen.

aliento

anadl

'I thought you might have gone back to Gales,' dywedodd Alejandro wrth fy ngweld yn camu i mewn i'r caffi. Safai tu ôl i'r cownter, ei sbectol aur tenau wedi hanner llithro i lawr ei drwyn a'i wallt hir yn flêr.

'Yeah, sorry. I've been ...'

'Busy, I bet. It's serious work up on the finca.'

'I actually don't mind it. Surprisingly. How's it been here?' Caeais y drws yn ofalus tu ôl i mi, y gloch yn tincian uwch fy mhen. Rhedais fy mysedd drwy fy ngwallt, oedd wedi dechrau aildyfu uwchben fy nghlustiau, wrth glwydo ar y stôl uchel wrth y cownter.

'Same old, same old. ¿Quieres un café con leche?'

'Sí, porfa.'

'Tu acento andaluz es excelente.' Oeddwn i wir yn mabwysiadu acen yr ardal?

Taniodd y peiriant coffi a llifodd yr hylif cynnes allan mewn rhuban tywyll i wydryn bychan. Stemiodd ei sbectol ryw fymryn wrth iddo gynhesu'r llefrith. Llithrodd y gwydryn draw ata i dros y cownter cyn golchi ei sbectol gyda chornel ei grys.

'Diolch.'

'Diolch,' ailadroddodd gan wenu.

'Da iawn.'

'Gràcies, as we say in Catalunya.'

Dechreuais chwarae gyda'r pecyn o siwgr wrth aros i'r coffi oeri, yn rhwygo'r papur a gadael i'r gronynnau gwyn ffurfio pentwr bach ar y bwrdd. 'Do you feel Catalan?'

Stopiodd yn stond am eiliad, cyn ailgydio yn y cadach a sychu'r cownter yn araf.

'Sometimes, sometimes Andalucía does really feel like a different ...'

'... country?'

Gwenodd gan nodio. 'Does Gales feel like home for you?'

'I don't know. I guess I've lived there most of my life.'

'Where else have you been?'

'I lived in London for a while, went to art school there. And then came back ...'

'Why?'

'I ...'

'Am I being too direct again?'

'No, it's just ... I don't usually talk about it much.'

'I'll stop.'

'No, no ... Sorry, I—'

'First Spanish lesson, cállate. Means shut up.'

'Right,' dywedais, corneli fy ngwefusau'n codi'n wên. 'Would you ever move to Catalonia?' gofynnais, fy mys yn llusgo'r gronynnau siwgr ar hyd y bwrdd.

'Maybe. It would mean sorting things out with my mum,' meddai gan bwyso'n erbyn y cownter. 'Do you think you'll stay in Wales for good?'

'No idea. I've been living in Cardiff for a while now. My mum. She came to stay with me after she got ill but I've been living with a friend recently. It's been kinda nice.'

Roedd yr awyr yn euraidd a'r golau'n ffurfio cysgod ffrâm y ffenest ar wal wen y caffi. Cydiais yn fy nghamera oedd ar y cownter o fy mlaen.

Clic. Clic.

Edrychodd Alejandro i fyny'n syn.

'Sorry, the light was just really nice.'

'No, that's okay.'

'Can I see?'

'The camera?'

'Yeah.'

Oedais am eiliad cyn llacio'r strap o gwmpas fy ngwddf. Cymerodd Alejandro y camera yn ei ddwylo, gan syllu ar bob botwm.

'What do you like about it?'

'About the camera?'

'Yeah. And you know, just photography.'

'I think I used to say something a bit wanky about creating links between moments.'

'What's wanky?'

'Ha! Pretentious you know?'

'Ah, I see. You were a real art student then?'

'For a while, yeah. Like in taking the picture you're already thinking about that precise moment being over but also at the same time what's to come, or who's to come after you.'

'What about now?'

'I've found it's a good way to try and make sense of things.'

Nodiodd gan wenu. 'Make sense of the world?'

'Yeah, and myself.'

'That still sounds quite wanky to me,' dywedodd gan wincian. Chwarddodd y ddau ohonom gan wyro dros naill ochr y cownter. 'Where did you learn?' gofynnodd o'r diwedd gan ddal i wenu.

'I did some at college for a while.'

'Before you left?'

'Yeah, I ... I actually failed the first year. Then never went back. I was never any good anyway.'

'You really believe that you're no good?'

'Well, yeah. Heard it from enough people.'

Gwyrodd ei ben i'r ochr, hollt fechan yn ymddangos rhwng ei lygaid. 'What did you do after coming back?' gofynnodd o'r diwedd.

'Let myself get a bit lost, really. Went out a lot. Went through a bunch of jobs. Then Mam got really ill.'

'But you've started again?'

'Yeah, I suppose I have.' Edrychais draw drwy'r ffenest.

Clic-clic-clic. Cochais yn sydyn.

'Hey, you can't go round taking other people's pictures and not expect to be shot yourself.'

Gwenais yn swil wrth iddo gynnig y camera'n ôl. Teimlais fy hun yn ymlacio wrth deimlo'r llyfnder metalig yn fy nwylo eto.

'Have you got what you came here for? For the exhibition I mean?' gofynnodd gan bwyso ymlaen dros y cownter. Doedd ei ddwylo ond rhyw fodfedd neu ddwy o fy mysedd i. Dechreuodd greu patrymau gyda'r siwgr hefyd, ei fys yn cylchu o gwmpas y trionglau ro'n i'n eu ffurfio.

'Feel as if I have more questions now than ever before.'

'Questions can be good?'

'I didn't think I'd care this much.'

'Did you not?'

'I mean, I guess I'd thought about it. I've been ...'

'¿Qué?'

Edrychais i lawr at y pentwr o siwgr eto.

'I've been like, feeling my mum's presence here. Like this really strong feeling that she's here beside me. Does that sound mad?'

'No.'

'Don't you think?' gofynnais gan edrych fyny. Roedd ei wyneb yn gwenu'n garedig.

'Part of her must still be here, right? Like literally. Parts of her skin, her hair, even her breath.'

'I've never thought of it that way before. You're definitely not made out to be a business student,' dywedais gan chwerthin.

'Tell me about it,' roliodd ei lygaid.

'What's Sevilla like though?'

'Now that's the good bit. Very fun. We should go!'

'I'd like that.'

Pwysodd ymlaen ar hyd y cownter eto. Ei wyneb yn agosáu.

'Yo también.'

Edrychodd y ddau ohonom ar ein gilydd heb ddweud gair. Agorodd ei wefusau ryw fymryn. Cyflymodd curiad fy nghalon. Pwysodd ymlaen eto a theimlais fy hun yn gwneud yr un fath nes bod blaenau ein gwefusau'n cosi ei gilydd. Arhosodd y ddau ohonom yno am eiliad, ein hanadl yn cymysgu'n un. Rhedodd ei fysedd ar hyd fy moch ac i lawr fy ngwddf gan danio gwefr drwy fy nghorff. Llithrodd ei dafod i mewn i 'ngheg yn araf. Dyfnhaodd ein hanadl a chydiais yn ei wyneb gyda fy nwylo, yn tynnu ryw fymryn ar ei wallt. Symudodd ei wefusau i lawr at fy ngwddf, yn cusanu hyd at bont fy ysgwydd. Llithrodd strap fy nhop i lawr a theimlais o'n gwthio ei hun ymhellach dros y cownter.

Ac yna rhewais. Teimlodd y newid yn syth.

'You okay?' gofynnodd, ei wyneb yn dal ond ambell sentimetr i ffwrdd.

'Yeah, yeah. I just ... I should go,' atebais yn frysiog gan dynnu strap fy nhop yn ôl ar fy ysgwydd.

'Sorry, I didn't mean to ...' dywedodd gyda dryswch yn niwlo ei wyneb.

'Thanks for the coffee,' dywedais gan straffaglu i roi fy mag yn ôl ar fy nghefn.

'Erm, yeah, no problem,' meddai gan dynnu ei hun yn ôl a dechrau tynnu'r cadach llestri drwy ei fysedd.

'Got to go,' dywedais gan ruthro o'r fan a'r lle ac yn ôl i ganol golau llachar y sgwâr.

Safais yn stond yng ngolau'r haul yn teimlo fy mhen yn troi ryw fymryn. Es draw at y cysgod o dan y goeden gypreswydden ac eistedd i lawr ar y fainc, allan o olwg y caffi.

Ffoc, o'n i'n stiwpid! Pam bo' fi 'di gneud hynna?

*

'Ti gymaint o commitment phobe, mêt,' dywedodd Sia wrth fy ngweld yn sleifio yn ôl drwy'r drws ffrynt am bump o'r gloch y bore, fy ngwallt yn flêr a cholur y noson cynt yn gysgodion o dan fy llygaid. 'Nest ti ddeud ta-ta cyn gadael tro 'ma?' gofynnodd gan gynnig gwydryn o ddŵr wedi i mi dynnu fy mŵts trymion a'u gollwng ar lawr y coridor.

'O'dd o dal i gysgu'n drwm. 'Sa fo fwy digywilydd deffro fo,' atebais gan gymryd y gwydr a fflopian ar y soffa.

'Hmm,' meddai Sia gan godi ei haeliau ac eistedd ar ben arall y soffa, ein coesau'n plethu gyda'i gilydd.

'Gad fi fod,' dywedais gan roi sgwd ysgafn iddi gyda fy

nhroed a chuddio fy wyneb yn un o'r clustogau.

'Yr eiliad ma' rhywun yn dechrau dod yn agos atat ti, ti'n rhedeg i ffwrdd,' dywedodd gan ddychwelyd y sgwd ond yn galetach y tro hwn.

'Dydy hynny ddim yn wir,' atebais gan godi fy mhen ryw fymryn o dywyllwch y clustog.

'Nadi?'

'Wel, beia fy mam os ti'n meddwl bod gen i trust issues,' atebais gan gladdu fy mhen yn ôl yn nyfnderoedd meddal y soffa. 'Ma' hi'n rhy gynnar am hyn, Sia. Jest gad fi bydru'n fama.'

Chwarddodd yn dawel cyn fy ngwthio'n sydyn gyda nerth ei choesau a gwneud i mi syrthio i'r llawr a llwch y carped yn llenwi fy ysgyfaint.

'Gytud, achos ti angen mynd i gwaith a ti'n drewi.'

*

Rhedais fy mysedd dros fy ngwefusau a fflachiodd llygaid tywyll Alejandro o fy mlaen. Tynnais fy ffôn allan o 'mhoced. Ro'n i dal o fewn cyrraedd i Wi-Fi y caffi. Roedd rhes o e-byst wedi cyrraedd gan Sia a daliodd teitl un o'i negeseuon fy sylw'n syth. 'Contigo, vuelo', wedi ei nodi mewn llythrennau bras. 'Gyda ti, hedfanaf.'

Agorais y ffolder oedd wedi ei hatodi.

Un o dy baentiadau di, un nad oeddwn i erioed wedi ei weld o'r blaen. Ti oedd yno, dy gorff yn wynebu dyn tal, eich cyrff yn chwyrlïo fel petaech yn dawnsio gyda'ch gilydd ynghanol awyr orengoch. Roedd rhywbeth chwareus am y lliwiau a'r patrymau wedi eu crafu i mewn i'r canfas. Ond yn fwy na hynny, roedd rhywbeth annwyl am osgo'r ddau, fel petaech chi'n cynnal y naill a'r llall. Syllais eto ar y dyn.

Doedd dim amheuaeth pwy oedd o. José. Roedd cariad yn llifo allan o'r llun, roedd ei gynhesrwydd i'w deimlo hyd yn oed drwy sgrin y ffôn.

'Roedd hi'n bitsh hunanol.' Daeth llais José i lenwi fy mhen eto.

Pryd wnest ti stopio hedfan? Wrth ymlwybro yn ôl at fy meic, gofynnais i fi fy hun pa bryd yn union wnaeth o dorri dy adenydd.

Isabel del Mar (1960–2025)
***Las sombras* ('Y cysgodion'), 1987**
Andalusia
Paent olew

A hithau bellach yn defnyddio paent olew yn bennaf, profodd yr artist flwyddyn gynhyrchiol tu hwnt tra bu'n byw gyda'i brawd, José, a'i ffrind o Gymru, Gwen, yn ne Andalusia ar y fferm deuluol. Gwelir creithiau ei chyfnod ym Madrid ar ei gwaith yn y darn hwn sy'n darlunio corff benywaidd wedi ei dorri'n dameidiau mân a rhubanau coch yn llifo allan o gorff y model. Mae'n debygol mai'r model oedd ei ffrind Gwen oedd bellach yn briod â brawd yr artist. Sylwer ar liwiau tywyll y darlun, cyferbyniad llwyr gyda'i gwaith cynharach. Er i'r artist gael cyfle i ymroi i'w chelf yn ystod y cyfnod hwn, ailgododd y tensiwn ym mherthynas y chwaer a'r brawd a gadawodd yr artist y fferm ychydig fisoedd yn ddiweddarach.

la voz

y llais

Anadla.

Anadla.

Ro'n i'n gorwedd eto ar y graig yn y cae pellaf gan deimlo'r cymylau uwch fy mhen yn gostwng yn is o fy nghwmpas.

Anadla.

Gwranda arna i, sibrydaist yn fy nghlust.

'Ti'n dweud dim o werth.'

Roedd y lleithder yn dwysáu o fy nghwmpas, y graig oddi tanaf yn oeri'n y cysgod. Ro'n i wedi deffro'r bore hwnnw mewn dryswch llwyr. Mewn uffar o dymer drwg, a dweud y gwir. Fy sgyfaint yn methu'n lân â llenwi'n iawn. Fy meddyliau'n gwibio'n ddi-baid. Troellai delweddau ohonot ti a José o gwmpas fy mhen, yn canu a chrio bob yn ail.

Beddiawl?

Oeddots?

Benesa?

Ac yna'n sydyn, cleciodd brigyn o dan draed trymion oddi tanodd. Codais fy mhen a gweld ffigwr José'n ymddangos trwy'r coed, fel petai byd fy mreuddwydion a'r byd o fy nghwmpas wedi toddi'n un. Rhewodd wrth fy ngweld. Gwnaeth symudiad fel petai am droi'n ôl, cyn penderfynu dod yn nes. Siglodd ei sgwyddau o un ochr i'r llall. Ei gorff yn benderfynol o naddu lle iddo'i hun lle bynnag yr âi. Erbyn iddo gyrraedd gwaelod y graig, ro'n i'n eistedd gyda fy nghoesau wedi'u croesi yn edrych i lawr arno. Ro'n i'n benderfynol y tro hwn i ddal fy nhir.

'Ti'n adnabod fama hefyd?' gofynnodd gan bwyso ei gefn yn erbyn boncyff un o'r coed.

'Dwi'n hoffi teimlad y lle 'ma,' atebais yn syml.

Nodiodd José ei ben a thanio sigarét. Edrychodd i fyny at yr awyr, topiau'r coed yn troi a gwyro uwch ein pennau.

'Ro'n i'n arfer dod yma'n blentyn i guddio,' cyfaddefodd gan wenu iddo'i hun. Am y tro cyntaf ers imi gyrraedd, dyma fi'n gweld ei wyneb yn meddalu. Jest y mymryn lleiaf. 'Dim ond Isabel oedd yn gallu dod o hyd i mi'r adegau hynny.'

Llyncais yn galed o glywed dy enw yn ei geg. Estynnais am fy ffôn a llithrais i lawr o'r graig nes fy mod yn ei wynebu. 'Wnaeth Isabel erioed sôn am y gyfres o luniau yma hefo ti?'

Syllodd ar y cylchoedd melyn gyda'r rhimyn coch am sbel, ei wyneb wedi ei oleuo'n las gan olau'r sgrin.

'Doedd Isabel byth yn gallu gollwng gafael ar y gorffennol.' Ysgydwodd ei ben. 'Ti am gredu beth bynnag fynni di, amdana i ac am be ddigwyddodd.'

'Felly ti'n nabod y lluniau 'ma?'

Dywedodd o rywbeth yn Sbaeneg o dan ei anadl.

'Be?'

'Yndw, dwi'n nabod y lluniau 'ma. Ma' nhw'n erchyll.'

'Erchyll?' gofynnais gan fethu'n lân â deall ei ymateb. Sylwais ar ei ddwylo am y tro cyntaf cyn iddo eu cuddio yn ôl yn ei bocedi. Bysedd hir a main, yn syndod o gain o ystyried y blynyddoedd o lafur ar y fferm.

'Mae celf yn llawn celwyddau. Yn enwedig ei chelf hi. Doedd hi byth yn gallu gweld unrhyw beth go iawn o safbwynt unrhyw un arall,' meddai a'i lais yn chwerw.

Llyncais yn galed, yn flin fy mod i'n cytuno gyda fo. Roeddet ti wastad wedi byw rhan helaeth o dy fywyd yn dy ben. Dy empathi'n brin ac yn anghyson.

'Ydy'r lluniau 'ma'n cyfeirio at gyfnod penodol? Wyt ti'n gwybod pryd gafon nhw eu creu?' gofynnais wrth drio deall yr emosiwn yn ei lygaid. Roedd o bellach yn gwrthod edrych arna i.

'Nath hi beintio hwn ar ôl gadael y finca. Ar ôl gadael Sbaen,' meddai wrth boeri ar y llawr.

'Sut dy fod ti'n eu nabod nhw felly?'

'Achos ei bod hi wedi peintio hwn er mwyn fy mrifo i. Be ti'n feddwl ti'n ei weld?' gofynnodd. Y cwestiwn cyfarwydd yn taro fy sylw.

'Gwres mawr – ma' 'na rywbeth llethol am y llun.'

Nodiodd yn araf.

'Y finca 'di hwn. Y finca wedi cael ei ddymchwel. Dyma hi'n bygwth dinistrio'r lle y noson cyn iddi adael y tro olaf un. Wyt ti isio gwybod be wnaeth dy fam? Aeth hi ag un o'r geifr allan i ganol y buarth a'i lladd yn y fan a'r lle, gan adael i'r gwaed lifo i bob man. Ydy hynny'n rhoi braw i ti? Ein mam oedd yn arfer gofalu am y geifr. A dyma hi'n lladd un ohonynt heb oedi. Heb oedi dim. Y gwaed. Elli di ddim dychmygu'r fath waed oedd yno.' Croesodd ei freichiau fel petai oerfel yn lapio'i hun o'i gwmpas. Culhaodd fy llygaid, yn trio cael gwared o'i lais yn atsain yn fy nghlustiau.

'Dim dyna wyt ti eisiau ei glywed, dwi'n gwybod. Fyse'n well gen ti fy mod i'n adrodd straeon am ei haelioni a'i hwyl fel ma' Gwen yn fodlon ei wneud. Alla i ddim. Roedd hi'n gallu bod yn greulon. Yr un mor greulon â fi.'

'Be wnest ti iddi hi?'

Cododd José ei sgwyddau.

'Fel dwi'n deud, ti am gredu be fynni di,' meddai cyn cerdded yn ei flaen, ei gorff yn asio gyda'r brigau o'i gwmpas. 'Vas a creer lo que quieras,' dywedodd eto wrth gamu ymhellach i mewn i'r coed. Ac yna roedd o wedi diflannu. Ysbryd rhwng dau fyd.

Daliais foncyff coeden wrth fy ymyl i sadio fy hun. Pwy wyt ti, Mam? Pwy ddiawl dwi fod i goelio? Ac yna'n sydyn, dechreuodd fy ngarddwrn losgi. Roedd lwmpyn gwyn caled eisoes yn ffurfio o dan fy nghroen lle roedd rhyw bryfyn newydd fy mrathu. Dechreuais grafu'r brathiad, yn methu'n lân â stopio. Cosi, cosi, cosi. Daliais ymlaen i grafu, yn bell wedi i mi dynnu gwaed. Pwy wyt ti, Mam?

Isabel del Mar (1960–2025)
***Deffro*, 1989–91**
Sawl lleoliad
Siarcol

Gadawodd Isabel fferm ei brawd dan amgylchiadau llawn tensiwn wedi i berthynas y ddau ddirywio'n gyfan gwbl. Ni ddychwelodd hi erioed i'r fferm wedi hynny. Dyma ddechrau ar gyfnod o deithio a datblygu ei chelf ymhellach, gyda'r nodweddion haniaethol yn troi'n fwyfwy amlwg. Mae'r darn hwn, er y naws dreisgar gyda'r toriadau yn y papur, yn awgrymu bod yr artist yn profi dechreuad newydd ac yn ymhyfrydu yn ei hannibyniaeth.

el mercado

y farchnad

Roedd hi'n glòs y bore wedyn wedi i mi ddeffro. Roedd yr aer yn ludiog a thrwy ffenest fy llofft ro'n i'n gweld bod yr awyr yn tywyllu'n dalp trwm yn y pellter. Cefais fy nilyn gan lygaid tywyll y ferch yn y llun wrth i mi wisgo. Stopiais i edrych arni. Roedd rhyw elfen o feddalwch yn ei hwyneb nad oeddwn wedi sylwi arno gynt. Doedd yr ofn oedd yn deillio ohoni ddim yn gwbl anghysurus.

''Dan ni'n dechrau deall ein gilydd, ynden?' gofynnais wrth syllu'n ôl arni.

Roedd José a Gwen yn y gegin yn barod wrth i mi gamu i mewn, y tawelwch yn drwm rhyngddynt.

'Necesitamos tu ayuda para llevar las almendras al mercado.' Pwyntiodd José tuag at y sachau o gnau almon yng nghornel y gegin.

'Lle mae'r farchnad?'

'En el pueblo. Yn y pentref. Brysia, cyn i'r glaw gyrraedd.'

Taflodd olwg at Gwen oedd wrthi'n cau'r bagiau hesian llawn almonau yn dynn. Llusgodd un o'r bagiau ar ei chefn a baglu am yn ôl o dan y pwysau. Camodd José tuag ati i'w dal. Cymerodd y bag oddi wrthi ac estyn ei law i'w helpu i adennill ei chydbwysedd. Oedodd y ddau am eiliad, yn syllu ar ei gilydd wrth i'w dwylo gyffwrdd. Yna brysiodd José i ffwrdd a diflannu o'r golwg i mewn i'r buarth. Dychwelodd Gwen at y sinc, ei dwylo'n dechrau cylchu gwaelod y badell drosodd a throsodd, ei llygaid yn bell i ffwrdd.

'Gwen?' gofynnais gan agosáu ati hi.

I ble'r aeth ei meddwl y tro hwn?

Blinciodd sawl gwaith a throdd i edrych arna i gyda golwg syn ar ei hwyneb.

'Rhaid i ti fwydo'r ieir cyn i ni fynd, cofia,' dywedodd gan glirio ei gwddf a gosod y badell haearn bwrw ar y cownter yn frysiog. Arhosodd y badell yn ei lle am eiliad cyn simsanu a syrthio ar y llawr gyda chlonc a thasgu dŵr droson ni'n dwy. Plygodd y ddwy ohonon ni'r un pryd i godi'r badell o'r llawr, ein pengliniau'n taro yn erbyn ei gilydd.

'Sori,' dywedodd yn dawel. Arhosodd y ddwy ohonon ni ar ein cwrcwd.

'Mae'n iawn.' Roedd ei llygaid glas golau'n dywyllach na'r arfer a chysgodion piws wedi ffurfio o amgylch ei hamrannau. Cymerais y camera oddi ar fy ngwddf a'i osod yn ofalus ar ei glin. Edrychodd arno a'i gyffwrdd yn ysgafn gyda blaenau ei bysedd.

'Wyt ti dal i deimlo'r awydd i dynnu lluniau weithiau?' gofynnais gan weld ei bysedd yn rhedeg dros y cas metel. Arhosodd yn stond am ambell eiliad. Yna ysgydwodd ei phen a gosod y camera'n ôl o gwmpas fy ngwddf.

'Mae'r glaw ar ei ffordd – tyrd.' Cododd ar ei thraed ac aeth yn ôl at y sinc i orffen y llestri. Arhosais ar fy mhengliniau am eiliad cyn mynd tuag at y sachau o gnau yn y gornel. Fe gymerodd hi sbel i mi lusgo'r bagiau i gefn y fan, yn tuchan gyda'r ymdrech. Daeth José i helpu wrth fy ngweld yn stryglan, sigarét yn hongian o'i geg a'i dalcen yn diferu o chwys. Roedd yn dal i hercian. Roedd ei ffêr yn amlwg yn dal i achosi cryn dipyn o boen iddo. Teimlais gnoad o drueni tuag ato.

Rili? gofynnaist yn anghredinio l.

Gollyngais y sach olaf gan adael i José ei lwytho ar ei ben ei hun. Tuchodd ac yna llusgodd ei hun i sêt flaen y Berlingo. Daeth Gwen allan o'r gegin yn dawel bach ac eisteddodd wrth ymyl José, yn sychu ei dwylo ar ei sgert fwdlyd. Llithrais innau i'r cefn a gosod fy hun ynghanol y sachau. Roedd arogl pridd a haul yn llenwi'r lle. Ysgydwodd y cnau o fy nghwmpas wrth i ni wibio i lawr yr allt droellog ac es i glwydo'n ddyfnach rhwng plygion garw'r defnydd. Arhosai'r ddau o fy mlaen yn dawel, eu peneliniau bron â chyffwrdd, ond fel ro'n i'n prysur ddeall, y fodfedd honno'n arwydd o ehangder llethol. Tynnodd Gwen ei braich yn nes ati, ei phen yn troi i syllu trwy'r ffenest.

Sut mae colli cariad i'r fath raddau?

Hawdd tu hwnt, atebaist heb golli curiad. *Ond wyt ti'n siŵr nad wyt ti'n gweld rhywbeth rhwng y ddau?* gofynnaist, dy lais yn crynu ynghanol sŵn y cnau.

Pasiodd José fflasg o goffi roedd o wedi ei baratoi o flaen llaw i Gwen. Cymerodd hithau'r silindr heb yngan gair. Roedd cymhlethdod eu perthynas yn fy mygu. Cyflymodd y fan wrth i José wthio'r gêr ymlaen a mynd heibio'r tractor oedd yn pwffian mynd o'n blaenau. Edrychais i fyny tuag at yr awyr oedd yn dal i dywyllu, y cymylau'n gwasgaru'n law dros y bryniau o'n cwmpas. Trodd José oddi ar y ffordd ac i mewn i'r pentref, y waliau gwynion wedi eu haddurno gyda photiau blodau lliwgar. Roedd teimlad cwbl wahanol i'r lle a'r strydoedd yn llawn stondinau wedi eu llwytho â ffrwythau a llysiau, caws, blodau, ac ambell rêl o ddillad cotwm yn chwifio'n y gwynt. Er gwaethaf bygythiad y glaw, roedd llif o bobl yn ymgasglu o gwmpas y stondinau.

Parciodd José y fan yn gam ar ochr y stryd, yn wynebu stondin ffrwythau sych.

'Arhoswch yma,' gorchmynnodd yn swta cyn neidio allan a chau'r drws yn glep. Camodd Gwen allan heb ei hidio ac aeth y ddau i gwrdd â'r cwpwl oedd yn eistedd tu ôl i'r stondin. Arhosais yn fy nyth yng nghefn y fan, yn edrych ar yr olygfa tu cefn trwy'r drych. Roedd José'n pwyntio at y fan, ei freichiau a'i lais yn codi wrth weld yr olwg ansicr ar wynebau'r ddau o'i flaen. Ysgydwodd y ddynes ei phen. Edrychodd Gwen am i lawr a chrymodd ei sgwyddau. Ochneidiodd José'n drwm, ei frest yn disgyn. Nodiodd y ddau'n araf ac estynnodd Gwen ei llaw at y cwpwl. Martsiodd José'n ôl at y fan.

'Gwagia'r rhain,' gwaeddodd arna i. Llithrais allan o'r fan a dechreuais gario'r sachau draw at y stondin. O gornel fy llygad, gwelais Gwen yn derbyn rholyn tenau o ewros. Doeddwn i erioed wedi gweld y ddau tu hwnt i'r finca ac yng nghwmni pobl eraill tan heddiw. Roedd Gwen yn amlwg yn anghyfforddus, yn tynnu ar ei sgert ac yn brathu tu mewn ei bochau. Roedd José i'w weld yn llai, ei gorff yn gulach ynghanol prysurdeb y strydoedd.

Ymlwybrais i ffwrdd oddi wrthynt wedi i ni orffen. Roedd José angen prynu rhaw newydd a Gwen wedi diflannu ynghanol y dorf yn barod. Cefais fy nenu gan y stondinau lliwgar. Roedd enwau'r ffrwythau yn newydd i mi – chirimoya, maracuyá, pitahaya – a maint pob un yn anferthol o gymharu â'r hyn ro'n i wedi arfer efo fo gartref. Roedd arogl cyw iâr yn crasu ar y tân ac oedais wrth un bwrdd pren simsan, isel a bwced gwyn wedi ei osod arno. Roedd plentyn ifanc yn eistedd tu ôl iddo, ei choesau yn hongian dros y gadair. Gwyrais ymlaen i gael golwg tu mewn i'r bwced lle roedd cannoedd o greaduriaid bychain lliw arian yn sboncian o gwmpas.

'¿Quieres camarones?' holodd y ferch gan wenu'n annwyl a fflachio ei dannedd cam. Ysgydwais fy mhen a gwenu'n ôl arni. O bell, sylwais ar Alejandro'n cerdded allan o ddrws y caffi, yn brysio'n ôl ac ymlaen ar hyd y teraza gyda thrigolion y pentref yn cysgodi o dan yr ymbaréls melyn llachar. Cododd ei ben ac oedodd am eiliad wrth fy ngweld, cyn diflannu'n ôl i grombil tywyll y caffi. Es i'n agosach at yr ymbaréls a grynai'n y gwynt, arogl garlleg a thomato'n cosi fy ffroenau a hwnnw wedi ei gymysgu gyda siocled yn toddi. Roedd sawl un yn mwynhau coffi neu wydraid o win gwyn wrth symud eu cwpanau o gwmpas er mwyn gwneud lle ar gyfer eu platiau o churros a molletes ar y byrddau uchel.

Ai peth drwg oedd dechrau teimlo'n gartrefol yma? gofynnais i fi fy hun unwaith eto.

Cymerais gam tuag at y caffi gyda'r bwriad o fynd i siarad gydag Alejandro. Ymddiheuro am ddiflannu'r diwrnod cynt. Trio egluro wrtho nad oeddwn i'n hollol nyts. Bod gen i ofn. Ofn cael fy mrifo. Ofn siomi. Ofn cael f'anghofio. Ofn. Ofn. Ofn.

Crynodd fy ffôn yn fy mhoced wrth i mi agosáu at batio'r caffi. Ymddangosodd llif o negeseuon. Agorais yr un diwethaf gan Sia.

Cat. Ffonia pan ti'n gallu, y nob. Gen i newyddion. Xx

Pwysais ar y botwm i'w ffonio. Atebodd hi'n syth.

'Ffoc, ti'n slo'n ateb!'

'Sori, sori. Dwi reit off-grid yma, 'sti.'

'Ti'n olréit ddo?'

Gwelais Alejandro eto o bell.

'Aye, dwi'n ocê. Sut mae pethau'n Gaerdydd?'

'Gen i ypdet i ti.' Ochneidiodd yn drwm. 'Cat, dwi mor sori, ond it's off.'

'Be ti'n feddwl?'

'Ti o'dd yn iawn – ma' Irfon yn pric.'

'Be nath o?' gofynnais gan ymgartrefu ar ochr y ffynnon ynghanol y sgwâr.

'O'dd o jest yn gwrthod cydnabod talent dy fam, bod mor patronising. A hollol fetishisio'r cysylltiad rhyngwladol, Ewropeiadd 'ma. A neud bugger all fel arall. Ac wedyn ddoe ...'

'Be ddigwyddodd?' Ro'n i'n gallu dweud ei bod hi'n dal wedi ei chynhyrfu. Ei hanadl yn dod allan mewn pytiau blin.

'Nath o jest yn sydyn iawn ddeud bod y prif galeri ddim ar gael ddim mwy. Deud bod rhaid i ni symud yr arddangosfa lawr grisiau. Ma'r stafell basically yn y toiled, a'r lle'n drewi o damp.'

Arhosais yn dawel.

'Cat? Dwi'n rili sori ond 'nes i golli 'nhymer hefo fo. 'Nes i alw fo'n misogynistic cliché.'

'Nest ti acshyli?'

'Do. Ac wedyn nath o ofyn i fi adael a rhwygo'r cytundeb. Mega dramatig, acshyli.'

'Ti'n ocê?' gofynnais.

'Ydw, dwi jest mor sori. Y peth da ydy bo' ddim rhaid i ti aros yn fanna ddim mwy. Ma' 'na hediad yn gadael bore fory os tisio. Allen ni roi cynnig arall arni unwaith ti'n ôl.'

Cefais hi'n anodd ateb eto.

'Cat?'

'Dwi acshyli'n meddwl bo' fi isio aros.'

'Rili?'

'Aye, ma' 'na rywbeth yma 'sti. Dwi'n methu cweit egluro fo. Jest ambell i ddiwrnod arall, twbo.'

'Os ti'n siŵr.'

'Yndw, dwi'n teimlo fatha bo' raid i fi rywsut.'

'Dwi'n rili credu yng ngwaith dy fam, 'sti. Mae'n haeddu cael ei weld.'

'Ti'n werth y byd, Sia.'

Diflannodd ei llais a syllais ar sgrin fy ffôn yn syn cyn edrych am i fyny, y dafnau o law yn pitran ar fy mochau'n ddi-hid.

rítmo

rhythm

Roedd y belen o siom yn fy ngwddf yn chwyddo a chaledu.

Sori, Mam. Wnaethon ni drio'n gorau, wir yr.

Doedd dy lais ddim yn unman i'w glywed.

Ti'n flin, dwyt?

Tyrrodd torf y farchnad o fy nghwmpas, eu prysurdeb a'u miri bellach yn fy ngwawdio.

Be oedd pwynt hyn i gyd os nad oedd arddangosfa ar y diwedd?

Mam?

Ac yna, trwy eu synau siarad a chwerthin a bargeinio dechreuais glywed curiad o bell. Ergydion siarp a thrawsacennog. Cefais fy nhynnu tuag at y sŵn, fy nhraed yn symud draw o fwrlwm y farchnad ac i lawr stryd fechan, gul. Dwysaodd y rhythm wrth i mi agosáu ac erbyn i mi gyrraedd tu allan i'r peña, roedd y curiadau'n treiddio trwy fy mrest. Oedais ar drothwy'r drws i edmygu'r olygfa lawn symudiad. Plant, merched a dynion mewn sgertiau a throwsusau llaes a thopiau lliwgar yn dawnsio – troelli, stompio, ac estyn eu breichiau am i fyny ar y cyd. Roedd nenfwd isel i'r stafell fechan a'r lle'n drwch o sŵn eu traed yn taro'r llawr. Cyflymodd curiad y clapio, gyda drôn drwm y cajón ac awel ysgafn y gitâr yn plethu â'i gilydd.

Yn nhu blaen y stafell safai'r athrawes, yn fechan ond yn llawn awdurdod, gyda'i chynffon ceffyl hir yn siglo i lawr ei chefn wrth iddi guro ei dwylo a chanu. Disgleiriodd ei sbectol ffrâm drwchus yn y golau wrth iddi symud a'i llais cras yn codi a gostwng gyda'r alaw. Roedd wynebau'r dawnswyr o'i blaen yn goch ac yn chwyslyd yn eu hymdrech dorfol, ond roedd stori unigryw yn symudiad pob un. Sylwais ar Paloma yn eu plith, ei breichiau hirion yn chwifio yn yr awyr yn osgeiddig. Ei llygaid yn ddur. Pob ergyd o'i chorff yn ddiymddiheuriad. Safais yn stond yn syllu arni. Wedi fy swyno'n llwyr ganddi. Ar ddiwedd y gân, edrychodd i fyny a daliodd fy llygad. Cerddodd ata i a gwenu.

'I was hoping I'd see you again. ¿Qué tal guapa?'

'Bien, gracias. That was amazing.'

Cododd Paloma law ar yr athrawes wrth i'r ddwy ohonon ni gamu allan. 'I've been dancing here since I was small. You kind of just pick it up without realising it, you know?'

'I'd love to take your picture – is that okay?'

'¡Claro!' atebodd gan osod ei hun mewn ystum gyda'i breichiau am i fyny ac wedi eu croesi a'i bysedd ar led.

Tynnais sawl un ohoni.

'You look increíble,' dywedais yn llawn edmygedd gan edrych drwy'r lluniau. 'You must feel so strong when you're dancing. Fearless.'

'Do I?' atebodd gan chwerthin.

Eisteddodd y ddwy ohonon ni ar ddwy gadair blastig wen yn y cysgod tu allan i'r peña. Taniais sigarét yr un i ni, ac arhoson ni yno am sbel, yn mwynhau clywed un o'r merched tu ôl i ni'n tincian ar y gitâr a sŵn y glaw ysgafn o'n hamgylch.

'I think Alejandro likes you, you know?' meddai Paloma o'r diwedd, ei phen wedi gwyro am yn ôl wrth iddi chwythu rhimyn o fwg allan drwy ei gwefusau.

Cochodd fy mochau a chyflymodd curiad fy nghalon.

'And you like him?' gofynnodd gan edrych arna i o gornel ei llygaid.

'I ... I'll be leaving in a few days,' atebais gan guro fy mysedd ar fraich y gadair.

'Well, life's about having fun, no?' Pwysodd ymhellach yn ôl yn y gadair ac ymestyn ei gwddf am i fyny fel bod ei hwyneb yn yr haul.

'You mean I should live more in the present?' gofynnais gan gymryd anadl ddofn o fy sigarét.

'Of course I do,' meddai gan dynnu sbectol haul o'i phoced a'i gosod ar ei thrwyn mewn un symudiad llyfn.

'I guess I'm afraid of, I dunno – being hurt,' dywedais gan grafu fy nhraed ar hyd y llawr llychlyd. Nodiodd Paloma, ei hwyneb yn garedig.

'I can understand that. You know how I feel dancing flamenco though. Not fearless. De verdad, I'm full of fear. But I find a way of staring it down. Dancing through it. That's the excitement. Maybe you can find a way for you to do that too.'

'I'd like that. How about you and Lucía? How does she make you feel?'

'Lucía makes me feel light. Like I'm floating,' gwenodd ar led.

'You're both so clearly in love with each other. It's beautiful. I mean, don't get me wrong – I'm completely jealous, but it's still beautiful,' chwarddais gan sugno ar ddiwedd fy sigarét.

'Yeah, I feel lucky. We're there for each other. Understand each other.'

'Do you both want to stay here then?' gofynnais.

'Yeah, definitely. We'd love to bring up a family here one day.'

'It's a special place,' cytunais.

'It's home,' dywedodd yn syml. 'I think you'll be okay, Cat,' ychwanegodd wedyn gan glician ei bysedd. '¿Estás de acuerdo?'

Meddyliais eto am dy arddangosfa.

Daeth llais i'n cyfarch cyn i mi gael cyfle i'w hateb. 'Buenos días.' Edrychais i fyny i weld rhimyn het wellt yn taflu cysgod yn erbyn golau'r haul.

'Hola. Back from Madrid?'

'As you see,' meddai'r dyn gan estyn ei law tuag at y ddwy ohonom.

'This is Paloma,' dywedais wrth droi ati. 'Paloma, this is ...'

' ... Hugo,' atebodd gan estyn ei law. 'How's the flamenco?' gofynnodd gyda gwên fechan ar ei wyneb.

'It amuses you?' gofynnodd Paloma gan godi o'i chadair a sathru ar ei sigarét.

'No, no. I just don't see the appeal myself.'

'Let me guess – not modern enough for you?'

'Just not for me,' dywedodd gan godi ei ddwylo i fyny i'r awyr.

Mwmiodd Paloma rywbeth am bobl Madrid cyn cusanu fy moch a chamu'n ôl i mewn i'r peña.

'Would you like a walk?' gofynnodd Hugo. Codais a dechrau cerdded wrth ei ochr yn ôl tuag at dorf y farchnad.

'What brings you back this time?' gofynnais gan droi ato a sylwi am y tro cyntaf pa mor las oedd ei lygaid.

'I can't seem to help it,' atebodd gan godi ei sgwyddau.

'So not so much of a madrileño as one might think?' gofynnais gan wenu.

'Ha, maybe not. Don't tell your friend.'

Yn sydyn, teimlais rywun yn agosáu tu ôl inni.

'¿Os conocéis?' gofynnodd José gan sefyll yn stond, ei lais yn grawclyd. 'Dach chi'n adnabod eich gilydd?' Troais o gwmpas, ei gwestiwn yn trywanu'r aer. Doedd o'n amlwg yn methu credu'r peth. Roedd Gwen yn sefyll rhyw fetr neu ddau tu ôl iddo.

'Sí,' atebodd Hugo, yn sythu ei gefn rhyw fymryn.

Ysgydwodd José ei ben. Pigodd y chwys i lawr fy ngwddf wrth i mi sylwi fy mod yn sefyll ynghanol y cylch oedd wedi ei ffurfio gan y tri ohonynt.

'Vamos, Cat,' dywedodd José gan droi ei draed yn ôl tuag at y fan, yn erfyn arna i i ddod gydag o.

Mewn llais tawelach a chan droi ei gefn tuag ata i dechreuodd Hugo ddweud rhywbeth wrth José o dan ei anadl. Cymerodd Gwen gam yn nes a chorun Hugo ddim ond yn cyrraedd ei sgwyddau hi. Gosododd ei dwylo ar ei chluniau.

'Tyrd, Gwen,' dywedodd José gan ysgwyd ei ben a chydio yn ei braich wrth ei thynnu tuag at y fan. Ysgydwodd Gwen ei llaw yn rhydd a cherddodd yn ôl at Hugo. Edrychodd i fyw ei lygaid a chododd ei gên fel petai'n gosod her.

Oedodd Hugo am eiliad cyn edrych dros ysgwydd Gwen i fyny tuag at José. 'Sería suficiente para salvaros. Suficiente para empezar de nuevo.' Digon i'ch helpu chi i ddechrau eto. Be ddiawl oedd o'n cyfeirio ato?

Ac yna edrychodd Hugo yn syth tuag at Gwen. 'Mam ...' dechreuodd cyn i'w lais betruso a thewi.

Poerodd José ar gerrig y pafin rhyngddynt. Safodd Gwen yn stond am sbel, yn edrych ar y ddau ddyn yn wynebu ei gilydd. Curodd y gair 'mam' drwy fy mhen. Edrychais o'r naill i'r llall, yn methu'n lân â deall. Doedd yr un ohonynt erioed wedi sôn am fab. Joder. Sawl cyfrinach arall oedd ar ôl i'w darganfod?

Ochneidiodd Hugo cyn ysgwyd ei ben. Trodd yn ôl ata i. 'I'm staying in the hotel at the end of the street – come find me before I leave,' dywedodd cyn cerdded yn ôl at y stondinau a diflannu ymysg y llif o gyrff. Dilynais Gwen a José yn ôl at y fan yn araf. Ro'n i'n teimlo pwysau cynyddol yn cyfyngu fy anadl wrth i mi ddringo i mewn i'r cefn yn drwsgl. Eisteddodd José yn y sêt flaen, ei ddyrnau'n wyn o gwmpas olwyn y car.

Taniodd yr injan. Anadlodd yn ddwfn ac yna diffoddodd y cerbyd a gwyro ymlaen gan ollwng ei dalcen ar yr olwyn. Eisteddai Gwen yn llonydd fel delw wrth ei ymyl, ei chefn yn unionsyth.

Roedd y glaw wedi cyrraedd o'r diwedd a'r diferion yn taro'n erbyn y ffenestri ac yn atseinio ar do'r fan.

Trodd José ei wyneb yn araf tuag at Gwen, ei fochau wedi cochi a'i oriawr wedi gadael marc ar ei dalcen.

'Gwen ...' dechreuodd yn araf. Ymledodd ffroenau Gwen a chlensiodd ei dannedd yn erbyn ei gilydd.

'Be'n union mae o 'di gynnig?' gofynnodd hi'n dawel.

Petrusodd José am ennyd ac yna ochneidiodd. 'Ma' 'di cynnig prynu'r fferm. Talu ein dyledion.'

'A sut mai dim ond rŵan dwi'n clywed am hyn?' gofynnodd Gwen. Roedd hi'n amlwg yn gandryll. '¡Vete! Jest, cer o 'ma,' meddai o'r diwedd wedi i José aros yn dawel. Trodd ato'n araf, pwyso ymlaen dros ei goesau ac agor y drws ar ei ochr o. Roedd arogl metalig y storm yn gryf yn yr aer a'r dŵr yn tasgu dros y pafin. Gollyngodd José ei sgwyddau'n isel. Ildiodd yn llwyr. Llithrodd allan o'r car gan gau'r drws gyda chlic tawel tu ôl iddo. Dringodd Gwen dros y gêr ac eisteddodd o flaen yr olwyn gan danio'r injan. Gyrrodd yn ei blaen heb oedi dim hirach a diflannodd ffigwr José tu ôl i ni yn nryswch y glaw. Arhosodd y ddwy ohonon ni'n dawel drwy gydol y daith, ond ro'n i fel petawn i'n clywed meddyliau Gwen yn rhuo'n ffyrnig o gwmpas ei phen. Gyrrodd yn gyflym drwy'r glaw, ei llygaid meinion yn rhythu ar weipars y ffenest oedd yn gwichian mynd.

Pan gyrhaeddon ni'n ôl i'r finca, rhuthrodd Gwen allan i'r buarth a chydio'n syth mewn bwced, ei gwallt yn datod yn rhaffau gwlyb i lawr ei sgwyddau.

'Gwen ...' dechreuais, ond martsiodd heibio imi fel petai heb fy nghlywed a chamu'n syth drwy'r pyllau o ddŵr oedd wedi ymgasglu ym mhantiau'r buarth.

Es i'n ôl i fy llofft a gorwedd ar y gwely yn gwrando ar y glaw. Roedd diferion yn llifo i lawr y ffenest, siapiau yn ffurfio a dadffurfio wrth i'r diferion gyflymu. Yn sydyn, fflachiodd mellten yn wythïen biws yn yr awyr. Dilynodd grymial y taranau, y sŵn i'w glywed yn nes y tro hwn. Wrth i fellten arall oleuo'r stafell, edrychais i fyny i weld llygaid y ferch ar y wal yn lled agored. Arhosais yno'n gadael i sŵn y glaw olchi dros fy nghorff, hyd nes i ddrws y gegin glepian ar gau. Llithrais i lawr o fy ngwely a sleifiais ar hyd y coridor a sbecian i mewn i guddfan y cysgodion.

Roedd José'n eistedd ar y gadair isel, y golau'n hongian yn isel uwch ei ben. Yn araf, tynnodd Gwen ei ddillad oddi amdano. Edrychai'n llai byth heb ei grys, ei freichiau'n denau a'i groen yn llac. Aeth Gwen i nôl dŵr poeth o ben y stof a llenwodd fowlen. Gosododd ei llaw ar ysgwydd

José a chroesodd yntau ei fraich ar draws ei frest i blethu ei fysedd yn ei rhai hi. Arhosodd y ddau yno, y dŵr yn diferu i'r llawr yn bwll o gwmpas eu traed wrth i'r awyr barhau i rwygo uwch eu pennau.

capas

haenau

Ro'n i 'di gofyn iddo gwrdd â fi wrth wyneb y graig wedi iddo gloi'r caffi am y dydd. Do'n i heb ddweud dim byd arall wrtho am y lle. Do'n i heb ddweud fawr o ddim byd wrtho, a dweud y gwir. Roedd hi'n syndod bod o wedi cytuno i ddod. Ro'n i'n dal i gochi wrth gofio'r ffordd ro'n i 'di rhuthro allan ar ôl ein cusan ddiwethaf. Rêl idiyt. Ro'n i'n gorwedd ar y graig yn edrych i fyny tuag at yr awyr ddigwmwl, yn gwneud fy ngorau glas i ymlacio. Chill the fuck out 'sa Sia'n dweud os byse hi yma. O'dd hi'n iawn 'fyd. Roedd fy nghorff yn gwlwm o densiwn.

Anadla, anadla, andala.

'I can't believe that I didn't know that this place exists.' Daeth ei lais o oddi tanodd, yn llawn edmygedd. Roliais ar fy mol i edrych i lawr arno a gwenodd wrth fy ngweld, fy ngwallt yn flêr i gyd a fy nghroen yn bincgoch ar ôl diwrnod arall allan yn y caeau. Roedd ei ddwylo'n mwytho'r graig, yn dod o hyd i'r holltau a'r darnau garw.

'Good for climbing?' gofynnais gan lithro i lawr a glanio wrth ei ymyl. Roedden ni'n sefyll yn agos at ein gilydd, a theimlais wefr yn rhedeg drwy fy nghorff o fod yn agos ato eto. Brwsiodd cefn fy llaw yn erbyn cefn ei law o'n ysgafn.

Cymerodd arno nad oedd o wedi sylwi ond gwelais ei wên yn dyfnhau ryw fymryn.

'Yeah, you could definitely have fun here,' atebodd gyda'i lygaid yn dal wedi eu hoelio ar y graig o'n blaenau. Pwysodd ei law yn erbyn f'un i. 'How did you find here?' gofynnodd gan droi o'r diwedd i edrych arna i. Roedd ei lygaid tywyll yn gynnes a gwên chwareus yn cosi ei wefusau.

'I've just been wandering around, suddenly found myself here one night. Seem to keep on returning here,' dywedais gan gerdded o gwmpas y graig a llusgo fy llaw ar fy ôl, yn mwynhau'r teimlad yn erbyn fy mysedd.

'Have you been feeling your mum's presence here?' gofynnodd gan fachu ei ddwylo o amgylch ffurf yn y graig a thynnu ei hun i fyny. Stopiais yn stond wrth glywed ei gwestiwn. Roedd o'n gwbl o ddifri, dim awgrym nawddoglyd yn ei lais o gwbl.

Shit, roedd o'n foi rili neis, doedd?

'Yeah, I really have.' Cylchais yr holl ffordd o amgylch y graig cyn dringo'n ôl ar ei phen i ymuno gyda fo ar yr olygfan lefn ar y top.

Arhoson ni yno'n sgwrsio am oriau, y geiriau'n neidio rhwng ieithoedd a gwledydd. Sylwais pa mor ysgafn ro'n i'n teimlo yn ei gwmni, gyda'r chwerthin yn byrlymu'n hawdd. Dysgais ei fod o'n arfer ofni uchder. Soniais am fy ofn blaenorol innau o'r tywyllwch. Dysgodd ambell air Sbaeneg i mi gydag acen Andaluz. Dysgais iddo Gymraeg Gog go iawn. Wrth i amser fynd heibio, roedd ein cyrff yn agosáu at ei gilydd fwyfwy. Roedd y ddau ohonom yn eistedd â'n coesau wedi'u croesi, ein pengliniau'n taro'n erbyn ei gilydd o dro i dro. Edrychon ni i fyny, ein llygaid yn turio i mewn i wynebau ein gilydd. Llyfais fy ngwefusau'n nerfus cyn gwyro ymlaen a chusanu ei foch yn ysgafn. Anadlodd allan yn ddwfn ac agorodd ei freichiau fel fy mod yn gallu nythu'n agosach. Cusanais ei wddf ac yna ei glust, gan frathu arni'n ysgafn. Daeth ei anadl allan yn ddyfnach a dringais ar ei lin. Cyflymodd ein cusanu, gyda'n tafodau yng nghegau ein gilydd, ei ddwylo yn fy ngwallt, fy mysedd wedi eu lapio o amgylch ei wddf cryf. Gwthiais fy hun yn erbyn ei galedwch, gan deimlo fy anadl yn dyfnhau hefyd.

'Are you sure?' gofynnodd wrth i mi ddechrau agor botymau fy siorts.

'Yndw,' atebais gan ei dynnu'n agosach.

Arhoson ni yno wedyn yn gorwedd ar y graig am sbel, yn mwynhau syllu ar y golau'n diflannu o'n cwmpas. Doedd dim angen geiriau bellach, dim ond teimlad ein bysedd yn olrhain patrymau ar gyrff ein gilydd yn ysgafn. Trodd ei ben i edrych arna i a fy nghusanu'n ddwfn. Diflannodd yr haul yn llwyr tu ôl i'r coed, ei gochni'n treiddio trwodd.

'Do you think you're difficult to read?' gofynnodd yn dawel o'r diwedd, gan hollti'r tawelwch perffaith oedd wedi ffurfio o'n cwmpas.

'Nes i ddim ateb ar unwaith, fy meddwl yn rhuthro trwy wahanol atebion posib. Ro'n i'n gallu teimlo fy hun yn rhewi. Panig. Pam oedd o'n difetha'r cwbl rŵan?

'Yeah, I think I can be, I suppose,' atebais o'r diwedd. Tynhaodd fy nghorff o dan gledr ei law.

Eisteddais i fyny gan dynnu fy nillad amdanaf, yn teimlo'n hunanymwybodol o fy noethni'n sydyn iawn.

'Sorry, I didn't mean to ask the wrong thing. I'm just trying to understand.' Gosododd ei law ar ochr fy nhalcen yn ysgafn.

Gwenais arno a gwyro ymlaen i'w gusanu eto.

'That's nice but not an answer,' atebodd gan wenu a dychwelyd y gusan ond gan dynnu'n ôl yn gynt nag o'r blaen.

'This was really lovely,' dywedais, gan deimlo'n flin gyda fi fy hun am godi wal o fy nghwmpas. Ro'n i'n gallu teimlo fy hun yn gwneud 'fyd. Dechreuodd fy meddwl chwyrlïo'n llanast ac aeth fy ngheg yn sych. Yn fwyaf sydyn, y cyfan ro'n i eisiau ei wneud oedd rhedeg i ffwrdd, diflannu i ganol y coed. Eisteddodd Alejandro i fyny hefyd, gan wisgo ei grys-T a'i siorts amdano cyn neidio i lawr o'r graig.

'Should we head back?' gofynnodd, wedi deall nad o'n i am ddweud dim byd arall.

Siaradon ni ryw fymryn ar y ffordd yn ôl, ambell frawddeg yma ac acw, sgyrsiau ysgafn, arwynebol. Roedd y cyffro cynharach wedi llwyr ddiflannu. Pan ddaeth hi'n amser ffarwelio, ymestynnais i fyny i'w gusanu'n ysgafn eto gan obeithio cyfleu rhywbeth drwy'r cyffyrddiad gan fod geiriau'n amlwg wedi methu'n llwyr.

'I'll see you around?' gofynnais.

'Yeah, yeah of course. This was fun,' atebodd gan edrych o'i gwmpas, yn amlwg yn anghyfforddus. Sut allai dau gorff fynd o fod mor agos i fod mor epig o bell?

'I don't mean to be so distant,' llwyddais i ddweud o'r diwedd. Yn flin fy mod i mor drwsgl.

'Time, right? Time is a good one,' meddai gan fy nghofleidio'n dynn. Anadlais am i mewn, yn mwynhau'r agosatrwydd. Ac yna tynnodd yn ôl ac roedd o wedi mynd. Safais ar ochr y ffordd gan edrych arno'n cerdded yn ôl i gyfeiriad y pentref.

Amser. Oedd digon ohono ar gael? Roedd hi'n teimlo fel petawn i gam ar ei hôl hi o hyd. Faint o amser oeddwn i ei angen i lenwi'r holl fylchau yn fy nghalon?

Dim ond ti ŵyr hynny yn y pen draw, dywedaist, dy lais yn hongian uwch fy mhen jest tu hwnt i fy ngafael.

círculos

cylchoedd

Fore trannoeth wrth i mi orwedd ar fy ngwely'n pendwmpian, daeth cnoc ysgafn ar fy nrws i fy neffro. Camodd Gwen i mewn i'r stafell a gosod paned o de ar y bwrdd isel wrth ochr y gwely. Safodd yn ei hunfan yn betrusgar am eiliad neu ddwy a chulhaodd y stafell yn ei phresenoldeb tal a llydan. Chwythodd arogl y mint a'r rhosmari o'r gwpan o flaen fy ffroenau wrth i mi dynnu fy hun yn uwch fyny'r gobennydd. Ro'n i wedi gadael y ffenest ar agor drwy'r nos ac yn gallu teimlo'r dydd yn goleuo o fy nghwmpas.

Eisteddodd Gwen yn lletchwith ar y gadair wellt isel, y coesau'n gwegian o dan ei phwysau.

'Dwi heb eistedd yn y llofft 'ma ers sbel. Blynyddoedd,' dywedodd o'r diwedd.

'Oedd Mam yn arfer aros yma?' gofynnais dan sibrwd. Roedd rhywbeth bregus am dawelwch y stafell yng ngwrid y wawr.

'Oedd. Dyma oedd ei stafell hi am gyfnod go hir. Roedd hi ...' dechreuodd cyn iddi sylwi ar y llun ro'n i'n estyn allan o ddrôr y bwrdd isel. Y llun ohonot ti'n ifanc, dy lygaid llachar yn pefrio yn ôl ar y ddwy ohonom. Cymerodd Gwen y llun yn ofalus, ei bysedd yn dringar.

'Sbia tebyg ydych chi,' meddai'n dawel, un llaw yn codi i'w brest a'i bysedd yn olrhain asgwrn pont ei hysgwydd. 'Hwn oedd yr haf–'

'¿De los sueños y las pesadillas?' gofynnais gan syllu ar ei hwyneb yn ofalus.

'Exactamente,' dywedodd heb edrych i fyny arna i. 'Ro'n i'n dri mis yn feichiog pan dynnwyd y llun yma,' meddai gan ysgwyd ei phen.

'Felly, Hugo ...'

'... ydy fy mab,' atebodd gan edrych arna i o'r diwedd. Roedd eu llygaid yr un arlliw o las – roedd y peth yn amlwg rŵan. Dyma fi'n hanner disgwyl iddi beidio â dweud dim mwy ac aros yn dawel, ond o'r diwedd tynnodd y gadair isel yn nes at y gwely a chliriodd ei gwddf.

'Ti'n gadael mewn tridiau,' meddai'n syml. 'Teimlo dylwn i rannu ambell beth cyn i ti fynd. Mwy er fy mwyn i na ti,' ychwanegodd.

'Be 'di'r hanes gyda Hugo?' gofynnais, yn benderfynol o beidio gadael i'w meddwl ddiflannu tu hwnt i fy ngafael y tro hwn.

'Y tro cyntaf i mi erioed ddod yma oedd yr haf cyntaf ar ôl i mi gwrdd ag Isabel,' dechreuodd Gwen. 'Roedd y ddwy ohonan ni 'di bod yn byw bywydau braidd yn flêr yn Madrid a'r ddinas wedi ein llorio. Roedd arni ofn dod yn ôl yma ar ôl sawl mis i ffwrdd felly dyma hi'n gofyn i mi ddod hefo hi.' Roedd Gwen wedi dechrau rhedeg ei bysedd ar hyd cynfas y gwely, yn lapio a dadlapio ei bysedd o gwmpas y defnydd. 'Roedd dy daid wedi marw erbyn hynny, felly dim ond José a dy nain oedd yn byw yma ar y pryd.'

'Sut berson oedd fy nain? Doedd Mam byth yn sôn amdani,' gofynnais gan eistedd i fyny a chroesi fy nghoesau a phwyso yn erbyn y wal i wynebu Gwen.

'Dyna hi uwch dy ben,' meddai Gwen gan nodio at y llun. 'Hi dynnodd hwn fel hunanbortread.'

'Nain?' gofynnais yn syn wrth edrych i fyny ar y llygaid lled agored oedd mor gyfarwydd erbyn hyn.

'Roedd hi'n berson caled. Roedd rhaid iddi fod. Rhedeg y fferm ar ei phen ei hun ar ôl i dy daid farw'n ifanc. Magu dau o blant ar yr un pryd. Pwy a ŵyr sut nath hi'r cwbl, a dweud y gwir,' ysgydwodd Gwen ei phen. 'Roedd hi'n gweld Isabel yn gadael fel math o frad. Roedd perthynas y ddwy'n gymhleth.' Oedodd ar ddiwedd y frawddeg, fel petai'n dewis ei geiriau'n ofalus.

'A dyna pryd wnest ti gwrdd â José?'

'Ia. Roedd y ddau ohonon ni'n ifanc, gawson ni haf hefo'n gilydd. Gawson ni hwyl,' meddai gyda'i llygaid yn meddalu ryw fymryn. 'Roedd José'n credu ei fod o wedi syrthio mewn cariad. Ond ro'n i'n dal i awchu am antur, heb unrhyw fath o ddiddordeb mewn byw yma ar y finca,' chwarddodd yn chwerw. 'Dyma Isabel a fi'n gadael ar ddiwedd yr haf a mynd yn ôl i Madrid. Dyma fi'n anghofio'n llwyr am José am gyfnod. Syrthio'n ôl i hen batrymau. Ac yna syrthio'n feichiog gyda dyn ro'n i prin yn ei adnabod. Perthynas fer, ysol, angerddol.' Roedd Gwen bellach yn llonydd wrth adrodd y stori, ei bysedd ar led a chledrau ei dwylo'n pwyso i lawr ar y fatres. Dyfnhaodd ei hanadl. 'Doedd o ddim eisiau dim byd i'w neud hefo'r babi na fi. Fy annog i gael erthyliad. Roedd o'n dal yn anghyfreithlon ar y pryd, peryglus tu hwnt. Ond es i draw at y lle gyda'r nos. Roedd y stafell yn llawn tamprwydd a budreddi. Dwi'n dal i arogli'r lle hyd heddiw. Dyma nhw'n dechrau berwi'r offer, gwthio defnydd i mewn i 'ngheg i 'nhawelu. 'Nes i redeg ffwrdd, syth oddi ar y bwrdd pren yn y gegin is law i mewn i'r stryd, ac yna glanio'n fama heb wir fwriadu gwneud hynny.'

'A be wnaeth José?'

'Nath o 'nghymryd i, fel ag yr oeddwn i, gyda'r babi. Roedd dy nain wedi marw ychydig fisoedd ynghynt felly roedd o'n gofalu am y fferm ar ei ben ei hun bellach. Dyma fo'n cynnig sefydlogrwydd, dyma finnau'n derbyn.'

'A be am Mam?'

'Doedd hi'n methu'n lân â deall. Roedd hi'n gwrthod credu fy mod i'n gallu bod yn hapus yma.'

'Ac oeddet ti? Wyt ti?'

'Doeddwn i ddim yn caru José pan gyrhaeddais i yma. Mae o wastad wedi gwybod hynny. Ond mi ddaethon ni i ddeall ein gilydd.'

'Be ddigwyddodd rhwng chdi a Hugo?'

'Symudodd Hugo i Madrid yn ddeuddeg mlwydd oed. Daeth ei dad yn ôl i mewn i'n bywydau a doedd Hugo erioed yn wirioneddol hapus yma ar y fferm, mae o wastad wedi bod yn fwy hapus yn y ddinas. Mae o angen pobl a phrysurdeb o'i gwmpas. Wedi iddo droi'n ddeunaw, dechreuodd ddod yn ôl lai a llai nes i sawl blwyddyn fynd heibio heb i ni weld ein gilydd un waith. Ac wedyn dyma fo'n glanio yma ryw flwyddyn yn ôl. Yn sydyn iawn yn llawn syniadau a brwdfrydedd, cynnig newid y finca yn fferm paneli solar. Dweud nad oes modd i ni barhau fel ag yr oedden ni. Mi elli di ddychmygu ymateb José.' Llwyddodd Gwen i wenu rywfaint. 'Mae'n rhaid i ti ddeall bod José wedi ystyried Hugo fel ei fab. Ei fod o'n dal i wneud yn y bôn. Dydw i, ar y llaw arall, erioed wir wedi llwyddo i deimlo greddf famol.'

'Be wnewch chi?' gofynnais gan hanner ystyried gafael yn ei llaw cyn i mi gladdu fy nwylo'n ddyfnach o dan y gynfas.

''Dan ni'n siŵr o ffeindio ffordd. Wedi'r cwbl, dyna 'dan ni'n ei wneud ers blynyddoedd.' Sythodd Gwen ei chefn a phlethodd ei dwylo gyda'i gilydd ar ei glin.

'Wnest ti a Mam gadw mewn cysylltiad o gwbl? Ar ôl iddi fynd y tro ola hwnnw?'

'Ddim am flynyddoedd. Ac wedyn dyma hi'n anfon un llythyr ar ôl dy enedigaeth, yn dweud ei bod yn deall fy mhenderfyniad bellach. Doedd dim cyfeiriad ar yr amlen, dim ffordd i mi gysylltu'n ôl hefo hi. Dyna'r edefyn rhwng y ddwy ohonon ni'n datod ac yn diflannu eto,' meddai gan ddechrau codi o'r gadair. Yna eisteddodd yn ôl ac edrych yn syth arna i. 'Ga i gynnig gair o gyngor i ti?'

Nodiais, yn synnu clywed y cwestiwn.

'Amgylchyna dy hun gyda ffrindiau sy'n dy ddeall ac yn dy dderbyn di'n llwyr. Cadwa nhw'n agos, agos atat ti. Does 'na ddim rhodd well na chyfeillgarwch mewn bywyd.' Yna cododd a chau'r drws yn ofalus gan adael arogl y te perlysiau'n gwmwl chwerwfelys anweledig ar ei hôl.

textura

gwead

Agorais ddrws fy stafell wely awr yn ddiweddarach a dod o hyd i fowlen o gnau almon cynnes wedi ei gadael ar y teils gyda blodyn melyn Mair wedi ei osod ar ei phen. Codais y coesyn hir gwyrdd a daeth petal yn rhydd a syrthio'n araf i'r teils oer, yn creu cylchoedd ar ei ffordd i lawr cyn landio'n berffaith ar ewin fy nhroed. Ysgydwais fy nghoes a sathru ar y petal cyn camu'n ôl i mewn i fy stafell a dechrau teimlo'n aflonydd.

Camu o un wal i'r llall.

Brathu fy ewinedd nes i'r croen droi'n rhy dyner.

Gwisgo a dadwisgo a gwisgo eto.

Roedd tân wedi'i gynnau drosta i.

Tynnais fy ngwallt am i fyny'n gynffon ceffyl hir cyn ei lacio eto a dechrau ei blethu'n flêr nes i'r cwbl droi'n gwlwm a gollyngais fy hun yn drwm ar y gwely i wynebu'r llun o fy mlaen. Hon oedd dy fam di, felly. Rhan annatod o'r gadwyn oedd wedi dy ffurfio ac yn ei thro wedi fy ffurfio innau. Llusgais fy hun yn nes ati hi, nes estyn fy mreichiau amdani a'i thynnu oddi ar y wal. Tu ôl i'r llun roedd hirsgwar goleuach wedi'i adael yn erbyn y plastr llwydwyn. Doedd neb wedi ei gyffwrdd ers amser maith. Craffais arni eto, yn trio dy weld di, gweld fy hun. Doeddwn i'n methu canfod y caledwch roedd Gwen wedi sôn amdano. Anniddigrwydd welwn i yn ei llygaid, awydd i ddianc yn nhensiwn ei chyhyrau.

Dechreuodd fy nwylo grynu nes i mi orfod cydio'n dynnach yn y ffrâm bren o gwmpas y llun. Tynhaodd fy nwylo eto, fy nyrnau'n troi'n wyn.

Crac.

Daeth ochr y ffrâm yn rhydd, y gornel yn troi'n llwch yn fy llaw. Llaciodd y gwydr allan o'r pren a chyrliodd ochr y llun am i fyny. Oddi tano, daeth cornel arall o bapur i'r amlwg. Anadlais am i mewn trwy fy nannedd. Gan weithio'n ofalus ac yn araf, dechreuais bilio'r llun am yn ôl, sentimetr fesul sentimetr. Roedd y glud yn hen ac roedd modd llithro fy mys bach oddi tano. Crymais fy nghefn ymlaen eto, fy nhrwyn yn lled-gyffwrdd y papur. Llenwodd arogl llwch a phren fy ffroenau. Daeth y papur yn rhydd.

¡Hurra!

Sythais fy nghefn wedi i mi orffen. Ro'n i wedi bod wrthi ers bron i awr a'r haul bellach wedi llusgo ei hun i uchelfannau'r awyr. Daeth y llun yn rhydd o'r diwedd a dadorchuddiwyd llythyr swyddogol ei olwg wedi'i deipio. Roedd yr ysgrifen wedi pylu a throi'n llwyd golau ond roedd dal modd darllen y dyddiad ar dop y dudalen. 1985. Es i draw at y ffenest i drio dehongli'r print ysgafn. Rhwbiais fy llygaid gyda chledrau fy nwylo. Nofiodd y geiriau wedi eu hargraffu ar y papur o fy mlaen. Roedd y llythyr wedi ei gyfeirio atat ti. Rhegais o dan fy anadl nad oedd fy Sbaeneg yn ddigon da i ddeall y gweddill. Sylwais ar yr arfbais ar dop y llythyr. Arafodd fy llygaid oedd yn craffu dros y papur gan drio gweld pa eiriau oedd yn gyfarwydd. Darllenais y geiriau eto ac eto ac eto.

Gest ti dy dderbyn.

Mam.

Gest ti dy dderbyn.

Caeais fy llygaid eto ac anadlu'n ddwfn drwy fy nhrwyn.

Dyma oedd fy mreuddwyd, dywedaist yn dawel. Ro'n i'n dy ddychmygu'n gorwedd ar y gwely yng nghornel bella'r stafell yn syllu i fyny at y nenfwd.

'Be ddigwyddodd?' gofynnais gan binsio top fy nhrwyn gyda fy mys a 'mawd. Edrychais ar y golau lliw mêl. Roedd popeth i'w weld yn arafu tu allan tra oedd fy nhu mewn yn corddi'n ffyrnig.

O bell, gwelwn silwét José'n y pellter a Milo'n ei ddilyn yn agos. Roedd rhywbeth am ei osgo hyderus a chadernid di-fai ei gorff oedd yn troi arna i o'r newydd. Clampiais caeadau'r ffenest ar gau ac eisteddais yn y tywyllwch am funud yn gwrando ar y geifr yn brefu tu allan i'r ffenest. Ac yna'n sydyn codais ar fy nhraed a rhuthrais allan i'r buarth gan flincio sawl gwaith wrth i fy llygaid ymdopi â'r golau. Neidiais ar y beic, fy nghoesau'n deall yn iawn lle roedd rhaid i mi fynd.

Isabel del Mar (1960–2025)
***Cysgu*, 1992**
Llundain
Paent olew

Symudodd yr artist i Lundain ar ddechrau'r 1990au, lle bu'n byw am sawl blwyddyn. Ni ŵyr neb lawer am y cyfnod hwn yn ei bywyd ond awgryma'r llun ei bod wedi dioddef o iselder a diffyg ysbrydoliaeth greadigol. Gorwedda'r ffigwr mewn cysgodion a'i chefn yn wynebu'r gwyliwr. Mae i'w gweld yn dal ei chorff at ei gilydd, gyda darnau ohoni'n syrthio'n rhydd. Awgryma hyn deimlad gwirioneddol fregus a'i bod wedi ei hynysu oddi wrth eraill. A allwch chi weld yr wyneb cudd yn gwyro drosti yn y cysgodion? Mae'n amlwg fod atgofion ac emosiwn eithafol yn aflonyddu arni. Does prin unrhyw ddarn arall o'r cyfnod hwn yn bodoli.

la cima

y copa

Cyrhaeddais y gwesty a 'ngwynt yn fy nwrn a chwys yn wlith ar fy ngwallt. Pwysais ffrâm y beic yn erbyn y wal wen a chamais i mewn i'r adeilad a chael fy nghroesawu gan deimlad aer oer yn chwythu o gwmpas y cyntedd. Ceisiais ymdawelu, yn ymwybodol fy mod yn edrych braidd yn wyllt. Es at y cownter a holi am Hugo.

'Acaba de irse,' atebodd y dyn tu ôl i'r cownter yn ymddiheurol.

Joder. Ro'n i newydd ei golli. Diolchais iddo cyn camu'n ôl allan i'r haul tanbaid.

Ti am roi'r ffidl yn y to mor hawdd â hynny? gwaredaist.

Dechreuodd fy nhraed ddilyn y llwybr cyfarwydd tuag at y bryn. Straffaglais i fyny'r grisiau, fy anadl yn dyfnhau a fy nghoesau'n llosgi gyda'r ymdrech. Dechreuais gropian am i fyny, fy nwylo'n cael eu staenio gan y llwch lliw oren tywyll. Cyrhaeddais y copa a rhyfeddu eto at yr olygfa a ymestynnai dan y clogwyn. Syllais o fy nghwmpas, doedd neb arall yma. Gollyngais fy hun yn drwm ar y llawr a chaeais fy llygaid gan aros i fy anadl arafu. Sgrechiodd yr eryr uwch fy mhen unwaith eto a theimlais ei gysgod yn tywyllu dros fy wyneb. Ailagorais fy llygaid a chodi ar fy nhraed er mwyn agosáu at y dibyn.

A dyna lle roedd y ddau ohonynt, yn eistedd ochr yn ochr gan syllu tuag at y gorwel. Cerddais draw atynt. Doedd yr un pâr o lygaid glas golau fel petaen nhw wedi synnu fy ngweld.

'You found us?' gofynnodd Hugo wrth i mi eistedd wrth ei ymyl.

Pwysais ar fy mhengliniau ac edrych yn syth tuag ato ac yna tuag at Gwen.

'I need your help.'

'My help?'

'Y ddau ohonoch chi. Explain this to me,' gofynnais gan ddangos y llythyr. 'Is this what I think it is?'

Craffodd Hugo ar y papur am sbel, ond dim ond taflu golwg sydyn arno oedd raid i Gwen.

'An acceptance letter ... From Madrid Fine Arts School,' atebodd Hugo'n araf.

'Yes, hidden behind a picture of my ... our grandmother,' dywedais.

'Our ... You think we're family?' gofynnodd Hugo gan edrych ar Gwen a minnau braidd yn syn.

'Why not? I don't have any other cousins.'

'Neither do I,' atebodd gan wenu. 'Your mum, she—'

'No, she never went to art school.' Ciciais gwmwl o lwch o'r llawr ac edrych ar Gwen. 'I don't know if she ever saw this letter.'

'That I can't help you with.' Trodd Hugo at Gwen.

'Do, ond yn llawer rhy hwyr,' atebodd Gwen, ei llygaid yn cronni.

'José?' gofynnais.

'Ia,' ac yna ychwanegodd, 'a fi. Nath y ddau ohonon ni guddio'r llythyr oddi wrthi.'

'Pam?' gofynnais â'm llygaid innau ar led.

Edrychodd Gwen i'r cyfeiriad arall am sbel.

'Mam?' gofynnodd Hugo gan roi braich o'i chwmpas. Caledodd ei chorff wrth deimlo ei ddwylo cyn caniatáu iddi hi ei hun ymlacio i mewn i'w afael.

'Achos doedden ni ddim eisiau iddi adael. Roedd José'n flin, ond ddim yn flin yn y ffordd ti'n ei ddychmygu. Roedd o eisiau ei hamddiffyn ...'

'Rhag be?'

'Hi ei hun, mewn ffordd. Roedd hi mor fregus, wsti. A'th hi mor sâl yn byw'n Madrid.'

'A ti?'

'Ro'n i'n llawer mwy hunanol na José,' meddai gan dynnu ei breichiau yn dynnach o gwmpas ei choesau. 'Ro'n i newydd roi genedigaeth i ti,' dywedodd gan droi ei phen at Hugo. 'Ac yn meddwl bod fy mywyd drosodd. Doeddwn i ddim eisiau teimlo fy mod i'n colli popeth ar unwaith.'

'Ond mi nath hi adael y finca'n diwedd, yn do? Nath hi ffeindio allan bo' chi 'di atal hi rhag mynd?' gofynnais.

'Do. Nath José adael i'r euogrwydd gorddi tu mewn nes i'r cwbl ddod allan un noson.'

'Felly, roedd hi'n gwybod ei bod hi wedi cael ei derbyn?'

'Oedd.'

Teimlais don o gysur yn llifo drosta i. Roedd hynny'n un peth o leiaf.

'Ti'n difaru'r peth erbyn hyn?' gofynnais.

'Dylwn i, ma'n siŵr. Ond alla i ddim – ges i chwe mis arall ohoni.'

'Dyma oedd ei breuddwyd,' meddwn, fy llais yn galed.

'Dwi'n gwybod,' sibrydodd i mewn i'r tirwedd, ei llygaid yn gwrthod cwrdd â fy rhai i.

'¿Qué es eso?' gofynnodd Hugo wrth i amlen bapur lithro i'r llawr o'r tu ôl i'r llythyr.

Rhewodd wyneb Gwen a chaledodd ei hosgo eto.

Plygais i lawr ar fy nghwrcwd wrth ei hymyl gan godi'r amlen a'i hagor. Chwythodd cwmwl o bowdr llwyd i mewn i'r awyr.

Cymerodd Hugo yr amlen yn ei law yn ofalus a'i harogli. 'Ash. It's ash.'

Trodd y ddau ohonon ni at Gwen.

'Doeddwn i ddim yn gwybod ei fod o wedi dal ei afael arno fo,' dywedodd wrthi hi'i hun o dan ei hanadl. 'Ar ôl yr holl flynyddoedd 'ma.'

'Cadw be? Be 'di'r lludw 'ma?' gofynnais gan gymryd yr amlen yn ôl oddi wrth Hugo a'i gwasgu'n dynn yn fy nwrn.

'Dwi yn difaru hyn. Wir yr. Difaru peidio ei stopio.'

'Be ddigwyddodd?' gofynnais, fy ngheg yn sych.

'Y noson cyn iddi adael, ar ôl iddo gyfadde'r cwbl, nath o losgi ei gwaith hi. Popeth. Popeth oedd o fewn ei afael ar y finca.' Edrychodd ar ei thraed wrth siarad. 'Roedd o wir yn credu bod y celf yn ei gwneud yn sâl. Bod o wedi neud eu mam nhw'n sâl hefyd. Roedd o eisiau ei hatal hi rhag ymgeisio eto. Wnaethon ni erioed ei gweld hi eto ar ôl hynny.'

'Dywedodd José mai hi nath fygwth dinistrio'r finca cyn gadael,' meddwn yn anghrediniol.

'Mae o'n dal mor flin gyda hi,' ysgydwodd Gwen ei phen. 'Ond yn fwy blin byth gyda fo'i hun.'

'José used to paint too, didn't he, Mam?' gofynnodd Hugo wrth edrych arnon ni'n dwy. 'A long time ago now.'

'Did he?' rhyfeddais wrth glywed hyn. Ceisiais ddychmygu José gyda phaent yn hytrach na phridd ar ei ddwylo. Roedd hi'n anodd dychmygu pa fath o ddarluniau buasai'n deillio o'i feddwl.

‘Amser maith yn ôl,’ cytunodd Gwen gan guddio ei hwyneb yn ei dwylo. ‘Am lanast.’

‘He never really wanted this life, did he?’ datganodd Hugo gan ysgwyd ei ben. ‘You neither?’ trodd i edrych ar Gwen gan dynhau ei fraich o’i chwmpas.

‘Mae’n diflannu o fewn dim,’ dywedodd gan gwpanu wyneb ei mab gyda’i dwylo. Edrychodd i fyny arna i. ‘Tynna lun ohonon ni, wnei di?’ gofynnodd yn sydyn gan sychu’r dagrau oddi ar ei bochau gyda chefn ei llaw. Roedd llygaid y ddau’n disgleirio.

Cefais fy synnu gan y gorchymyn. Ond tynnais y caead oddi ar lens y camera a gwyro i lawr ar yr un lefel â’r ddau. Lapiodd Gwen ei braich o gwmpas sgwyddau Hugo. Edrychodd ar ei llaw am eiliad, yn amlwg heb arfer teimlo’r fath agosatrwydd tuag ati.

Clic-clic-clic.

Syllodd llygaid y ddau arna i’n lled agored ar sgrin y camera, eu hwynebau wedi eu rhewi mewn moment o dynerwch annisgwyl. Codais ar fy nhraed a chlipio caead y camera ar gau tra daliai’r ddau gorff o fy mlaen i siglo o ochr i ochr gan adael i wynt y mynydd eu gwthio o’r naill gyfeiriad i’r llall.

Isabel del Mar (1960–2025)
***Tonnau*, 1996**
Pen Llŷn
Paent olew

Dyma'r flwyddyn i'r artist symud i Ben Llŷn lle treuliodd weddill ei bywyd. Ailddarganfu ei mynegiant artistig yma, gan gymryd ysbrydoliaeth o'r arfordir garw o'i chwmpas. Ond daliai ei gwaith i gyfeirio'n ôl at ei phlentyndod yn ne Sbaen. Erbyn hyn, dim ond paent olew a ddefnyddiai a gwelwn fotiffau cylchoedd ailadroddus sy'n gorgyffwrdd yn dod yn fwy amlwg yn ei gwaith. Gweithiodd yn fanwl ac am ddyddiau maith ar y tro. Er ei bod yn amlwg wedi'i hynysu yn ei bywyd newydd yng ngogledd-orllewin Cymru, mae'n ymddangos ei bod wedi cyrraedd stad newydd o fodlonrwydd.

sangre

gwaed

Dechreuodd y poenau'n y bore tra eisteddwn yn y gegin yn troelli llwy de o gwmpas fy mowlen o uwd trwchus. Shifftiais yn fy nghadair. Cur pen oedd gen i gyntaf ac yna treiddiodd y poenau trwy fy nghefn, yn wefrau caled i lawr fy nghoesau. Codais yn araf, fy nghyhyrau'n tynhau fwy byth. Yn droednoeth, llusgais fy hun tuag at y stafell folchi. Pwysais fy llaw yn erbyn y wal, fy mysedd yn rhedeg ar hyd y papur gwyrdd tywyll oedd yn hongian yn llipa o'r corneli uchaf. Caeais y drws tu ôl i mi a'i gloi gyda chlic, ac yna gollyngais fy hun yn araf ar ochr y bath. Roedd y gwaed wedi gwlychu fy nillad. Arhosais yn llonydd am ychydig funudau, fy nwylo'n tylino fy mol. Ciliodd y boen ryw fymryn a llaciais fy ngwregys er mwyn tynnu fy jîns oddi amdana i'n araf. Gadewais iddynt syrthio i'r llawr yn drwm a thrawodd bwcl y gwregys y teils oer gyda chrac. Tynnais fy nicyrs yn rhydd, yn gwingo wrth i'r defnydd ddadludo ei hun o fy nghroen. Plygais ymlaen a lapio fy mreichiau o fy nghwmpas yn dynn, rhag i fy nhu mewn rwygo'n ddarnau.

Arhosais yno am funud cyn codi'n araf a chamu i mewn i'r bath a throi'r gawod ymlaen. Safais yn stond, y diferion yn tasgu ar fy wyneb, yn pigo fy mochau. Cododd y stêm i fy mhen wrth i'r dŵr gasglu'n binc o gwmpas fy nhraed.

Diffoddais y gawod a phwysais fy nghefn yn erbyn y teils slic. Roedd y growt wedi troi'n ddu mewn mannau a gwaelod y cyrtens melyn golau wedi britho'n frown.

Pam rŵan? Roedd y boen yn ddigon i wneud i mi gyfogi. Roedd diwrnod wedi mynd heibio ers y sgwrs gyda Gwen a Hugo. Efallai mai geiriau Gwen oedd yn ymdroelli tu mewn i mi, wedi eu cario gan wynt y clogwyn. Yn fy nghywasgu o'r tu mewn. Dy ddig di'n rhan ohona'i.

Anadl. Ac un arall. Cydiais yn fy nillad budr a'u trochi mewn dŵr yn y sinc. Sgwriais y defnydd gyda darn caled o sebon brownlwyd nes bod fy nyrnau'n llosgi a'r dŵr yn rhedeg yn glir. Gwyrais ymlaen gan osod llaw bob ochr i'r porslen oer. Roedd gwaed wedi rhedeg i lawr fy nghoesau eto, i lawr at fy nhraed. Tasgais ddŵr arnaf fy hun cyn lapio tywel garw o gwmpas fy nghorff a chamu allan o'r stafell folchi, i lawr y coridor ac i mewn i fy llofft. Gosodais y dillad i sychu yng ngolau boreol yr haul, cyn dod o hyd i bâr newydd o nicyrs a phad wedi ei wasgu yng ngwaelod fy mag. Syrthiais yn swp ar y gwely, fy ngwallt yn diferu'n oer i lawr fy sgwyddau a fy mrestiau, i lawr fy nghefn ac yn cael ei amsugno gan y gynfas. Disgynnais am yn ôl, fy mhen yn suddo i'r glustog, a chyrliais fy hun yn siâp hanner lleuad ac aros felly, yn anadlu i mewn trwy fy nhrwyn ac allan drwy fy ngheg. Estynnais am fy ffôn o'r llawr, golau glas y sgrin yn gwneud i fy llygaid gulhau. Es i drwy'r rhestr o enwau nes cyrraedd Sia. Syllais ar ei henw cyn i fy mawd bwyso arno.

Bipiodd y ffôn. Stemiodd y sgrin gyda fy anadl mor agos ato. Aeth y ffôn yn dawel. Roedd cilwen y bariau o signal yn dal i fy herio.

Pwysais ar ei henw eto. Bipiodd yn ddi-dor, yn seinio yn fy nghlustiau. Pwysais y groes a diffoddais y ffôn a'i daflu i'r llawr. Cyrliais fy nghorff yn belen dynnach byth. Roedd symudiad i'w glywed tu allan, traed yn llusgo a drysau'n agor a chau. Traed Gwen oedd yno, bwcedi yn clepian yn erbyn ei gilydd. Llyncais yn galed. Roedd y poenau'n dwysáu, y cwlwm yn fy mol yn dynn ac yn drwm.

Roedd y gwaed wedi treiddio trwy'r pad eto. Codais o'r gwely gan bwyso'n erbyn y wal nes fy mod yn weddol sad ar fy nhraed. Camais drwy'r drws gan anelu at y stafell folchi. Wrth gymryd cam arall, crynodd y waliau o fy mlaen wrth i'r drws ym mhen arall y coridor droi'n annelwig. Trodd fy llwnc yn sych a throdd popeth yn ddu am ennyd. Plygodd fy mhengliniau a daeth y llawr i fy nghwrdd. Pwysais gledrau fy nwylo yn erbyn oerni'r teils i lonyddu fy hun. Saethodd llafn o boen drwy fy nghroth unwaith eto a theimlais fy mhen yn dechrau troi.

Nofiodd dy wyneb o flaen fy amrannau ac yna wyneb Nain yn y sêr, y ddwy ohonoch chi'n chwyrlïo o gwmpas eich gilydd. Mam a merch yn dawnsio ac osgoi y naill a'r llall. Pwysais fy nwylo'n galetach yn erbyn fy nghroth. Gwasgais y cnawd yn galetach byth. Syrthiais o dan y don, yn gadael i fi fy hun gael fy nhynnu i'r dyfnderoedd.

luz

golau

Deffrais gyda theimlad cynnes, bron yn gyfarwydd, yn pwyso'n erbyn fy moch. Gwthiais fy hun yn ddyfnach i mewn i dywyllwch fy meddwl, yn ymatal rhag cael fy nhynnu'n ôl i fyd y deffro.

Dim symudiad, dim newid, dim teimlad, dim poen.

Daeth y cyffyrddiad i f'aflonyddu eto, yn cylchu croen fy wyneb. Yn fy mhigo. Ro'n i dan ddŵr, wedi suddo. Yng ngwaelod y môr gyda'r creaduriaid rhyfeddaf o fy nghwmpas. Ro'n i wedi syrthio mor ddwfn doedd dim golau yn fy nghyrraedd, a phwysau'r môr yn fy nghadw yno. Roedd symudiadau tonnau i'w clywed o bell, sŵn cynyddol dŵr yn rhedeg. Daeth gwallt Nain, fy abuela, i glymu ei hun o fy nghwmpas yn wymon sidanaidd. Roedd ei chroen yn laslwyd. Troellodd golau piws tu ôl i gaeadau fy llygaid, piws golau, glas, melyn. Ro'n i'n cael fy nghodi i'r wyneb. Tynhaodd fy mrest a llosgodd fy ngwddf. Curodd fy nghalon yn galetach.

Ba-dwm-ba-dwm-ba-dwm.

Roedd llais i'w glywed yn y pellter, tu hwnt i'r dŵr. Ac yna agorodd fy llygaid yn sydyn, gan adael i'r golau lifo i mewn. Cymerais anadl ddofn oedd yn teimlo'n rhy denau o lawer. Daeth y llais eto, grymial dwfn ac yna teimlad cynnes o gwmpas fy ngwddf. Cryfhaodd yr arogl llwch cynnes a choffi chwerw.

José oedd yno. Ei wyneb yn agos at fy wyneb i. Ei farf yn cosi fy mraich. Wrth i fy llygaid agor ar led ac i f'anadl dawelu, ymlaciodd ei wyneb ryw fymryn. Roedd o'n fy nal yn ei freichiau, ei law yn cynnal fy mhen.

'Be ddigwyddodd?' gofynnais yn araf gan lyfu fy nannedd, teimlad yn dychwelyd a chosi fy nghorff unwaith eto.

''Nes i dy ffeindio di ar y llawr.'

'Ers faint ydw i ...'

'Rhyw ddeg munud.'

'Dwn i'm ...'

'Ti'n llwyd iawn.'

'Well imi godi ...'

'Arhosa am funud, gweld sut ti'n teimlo.'

Gosodais fy llaw ar y llawr gan drio gwthio fy hun i fyny. Dechreuais deimlo'n boeth i gyd, fy mhen yn siglo o un ochr i'r llall.

'Ti'n siŵr?'

Nodiais heb ddweud dim a helpodd José fi i godi o'r llawr. Roedd croen ei ddwylo'n syndod o feddal.

'Tisio ... tisio dŵr?' Cododd ei aeliau trwchus wrth fy ngweld yn gosod fy llaw ar fy nhalcen a theimlo'r belen fechan galed oedd wedi ffurfio. Ysgydwais fy mhen. Roedd ei lygaid wedi eu britho gydag aur yn yr un ffordd â dy rai di. Fel petai'n clywed fy meddyliau, gollyngodd afael arna i a chymerodd gam yn ôl. Gwasgais y croen rhwng fy mys a bawd yn galed a gwthio'r ewinedd i mewn i fy llaw i drio fy neffro o fy llewyg.

Cliriodd ei wddf a chrymodd ei sgwyddau wrth stwffio ei ddwylo i'w bocedi. Doeddwn heb ei weld ers y pnawn hwnnw gyda Gwen a Hugo ar y bryn. Roedd o i'w weld yn anghyfforddus, yn ansicr ohono'i hun. Oedd Gwen wedi sôn wrtho?

'Dwi'n gadael mewn deuddydd,' meddwn heb wybod beth arall i'w ddweud.

Nodiodd yntau ac edrych i lawr y coridor, yn amlwg yn awyddus i adael ond eto'n aros yn ei unfan.

'Dwi'n gadael yn gwybod be wnest ti i Mam,' dywedais gyda phelen yn llenwi fy llwnc. 'Pam ti'n gwenu?' gofynnais yn syn wrth weld ei wyneb yn goleuo.

'Dwi'n gwenu achos dy hyder yn tybio dy fod wedi deall y cwbl, todo,' dywedodd gan ysgwyd ei ben.

'Dwi'n deall digon i wybod dy fod ti'n methu derbyn ei gweld yn hapus.'

'Roedd Isabel yn fodlon derbyn fy help pan oedd hi ei angen ac yn gyflym iawn wedyn yn anghofio'r cwbl. 'Nes i ei chymryd mewn, cynnig cartref iddi yma ar ôl iddi ddod yn ôl o Madrid yn pledio ar ei phengliniau, wedi hanner marw o flinder, o gyffuriau, o ddynion. O gelf. Roedd ei chelf yn ei lladd.'

'Dyna oedd yr unig beth oedd yn ei gwneud yn hapus.'

'Ac mi oeddet ti'n fodlon derbyn hynny?' gofynnodd gan ysgwyd ei ben.

Daeth yn nes gyda'i ffroenau ar led, ac am eiliad ro'n i'n sicr ei fod am fy ngwthio i'r llawr. Ac yna llaciodd ei gyhyrau. Cwmanodd ei sgwyddau.

'Dylsa fod arnat ti gywilydd o bwy wyt ti, o be wnest ti i Mam.' Cymerais gam yn nes ato a synnu wrth ei weld yn cymryd cam yn ôl nes bod ei gefn yn pwyso'n erbyn y wal.

'Arhosa nes dy fod ti yr un oed â fi, chica,' dywedodd o'r diwedd gyda'i lais yn denau ac wedi pylu, fel dyfrlliw gwan ar bapur trwchus. 'Arhosa nes dy fod ti wedi gweld gormod fel fi,' ychwanegodd.

'Ond nest ti ddim llwyddo i'w stopio hi. Nath hi ddal ati i greu,' atebais gyda fy llais yn finiog a gan obeithio bod pen y llafn yn ei gyrraedd.

'Ac i be? Ti'n meddwl ei fod o werth o?'

'Pam ddylsa hi orfod cyfiawnhau'r peth?' Oedais am eiliad cyn penderfynu mynd amdani. 'Ydy hi'n wir dy fod ti'n arfer peintio?'

Cododd ei aeliau pan glywodd hyn. 'Roedd rhaid i rywun aros yma i weithio, doedd gen i ddim amser i'r fath bethau.'

'Druan â ti. Colled fawr,' dywedais gan ysgwyd fy mhen a chwerthin yn dawel.

'Nath hi ddim dod adre i ffarwelio gyda Mam cyn iddi farw hyd yn oed. Oeddet ti'n gwybod hynny? Pa fath o blentyn sy'n gwneud hynny i'w riant?' gofynnodd, yn falch o weld bod ei eiriau'n fy nhroi'n fud.

Cofiais yn ôl i'r tro olaf hwnnw'n y sbyty efo ti. Yn gwybod y dylwn i aros dros nos. Yn diflannu trwy'r drws cyn i ti gael cyfle i ofyn i mi aros.

'Dwi'n siŵr fod eich mam yn falch ohoni,' dywedais yn dila o'r diwedd.

'Creda di hynny os oes well gen ti fyw celwydd. Roedd hi'n defnyddio pobl ac yna'n eu gollwng.' Roedd ei bleser o weld bod ei eiriau'n fy mrifo yn amlwg.

Brathodd fy nhu mewn eto a theimlais ddicter yn gerrynt drwy fy nghyhyrau.

'El arte nunca muere, ti'n iawn. Ond ti? Fydd neb yn gweld dy eisiau di unwaith iti farw.' Poerais y geiriau tuag ato gyda fy nghalon yn curo'n galed trwy fy mrest, fy mhen, fy nghlustiau.

O'n i wirioneddol newydd ddweud hynny wrtho?

Anadlodd yn swnllyd, gwylltineb yn pefrio yn llygaid y ddau ohonom.

'Basta, digon,' meddai gyda'i lais yn gadarn. 'Basta,' ailadroddodd eto. Roedd ei gorff yn fwyaf sydyn yn edrych yn llipa ac yn wan, ei grys yn llac o gwmpas ei ganol.

Cerddais oddi wrtho, fy nhu mewn yn troi tu chwith, fy mhen yn chwyrlïo. Estynnais fy mreichiau ar led i groesawu'r awyr biws oedd yn lapio ei hun yn dynn o fy nghwmpas.

Isabel del Mar (1960–2025)
Mi cuerpo es el tuyo
('Mae fy nghorff yn eiddo i ti'), 2000
Pen Llŷn
Paent olew

Dyma'r flwyddyn iddi roi genedigaeth i'w merch, Catrin. Mae'n bosib bod y darlun hwn yn cyfleu ei dryswch ynghylch y newidiadau y profodd ei chorff yn ystod y beichiogrwydd ac elfen o amwysedd mamol. Credir ei bod wedi dioddef cyfnod o iselder yn dilyn yr enedigaeth gan ynysu ei hun yn fwy byth oddi wrth eraill. Onid yr artist ei hun yw'r plentyn yn y llun hwn? Sylwch ar y tirwedd y tu ôl iddi sy'n awgrymu haul llethol de Sbaen. Mae hwn yn un o'r darnau prin o'r cyfnod sy'n darlunio ffigwr yn hytrach na siapiau cwbl haniaethol. Efallai'n wir mai cri am gymorth oedd hwn, cyfaddefiad ei bod hithau angen rhywun i ofalu amdani.

la noche

y nos

Roedd hi'n bedwar o'r gloch y bore a fy mhen a fy nghorff yn curo gyda'r gerddoriaeth. Roedd y llif gorfelys o chupitos yn dod un ar ôl y llall gyda breichiau Alejandro'n chwifio'n fwyfwy egnïol a'i grys glas golau'n datod yn rhydd. Roedd ei wallt hir yn chwipio'n ôl ac ymlaen dros ei wyneb gyda'r gerddoriaeth, ei lygaid yn bell i ffwrdd wedi ymgolli yn y curiad. Wrth ei ochr roedd Lucía, ei chyrls melyn yn bentwr ar ei phen a gwên yn llenwi ei hwyneb. Gyferbyn â mi roedd Paloma'n dawnsio gyda'i llygaid ar gau. Roedd waliau'r hen eglwys o'n cwmpas yn wlyb gyda chwys y dorf a'r ffenestri lliw yn disgleirio'n uchel dros ein pennau. Edrychais am i fyny eto, yn llawn ddisgwyl i'r gwydr syrthio ar fy mhen. Curodd y strobes i mewn i'r uchelderau, yn malu'r ffenestri lliw yn deilchion dro ar ôl tro ar ôl tro. Llenwodd fy mhen gyda mwg y sigaréts o fy nghwmpas, a dechreuodd yr olygfa simsanu'n ddim o fy mlaen.

Roedd y trên ganol pnawn i Sevilla yn teimlo'n bell yn ôl yn barod. Fi oedd wedi martsio mewn i'r caffi ar ôl gadael José ar ei ben ei hun yn y coridor, yn galw am noson allan. Yn galw am gyfle i fod yn wirion a theimlo'n ysgafn. Tynnodd Alejandro ei siaced amdano'n syth. 'Vamos,' meddai. Amdani. Roedd y pedwar ohonon ni wedi ymlwybro o un bar i'r llall, yn croesi dros yr afon ac yn ôl a throsodd eto, ac yna'n ôl gan ffurfio llwybrau igam-ogam ar hyd y ddinas. Roedd y diwrnod wedi dechrau gyda cañas o gwrw oer. Trwy'r dydd ro'n i'n ymwybodol o symudiadau Alejandro. Wrth iddo gynnig can arall o gwrw i mi, wrth iddo eistedd wrth fy ymyl ar y trên a'n coesau yn taro yn erbyn ei gilydd, wrth iddo sefyll ym mhen arall y bwrdd a'i lygaid yn dal fy llygaid i'n aml. Ro'n i'n gallu dweud ei fod o'n teimlo fy mod i'n ei wthio ffwrdd. Yn gallu dweud fy mod i'n brifo ei deimladau. Ond prin y gallwn i edrych arno heb deimlo siglad yn fy mrest. Heb glywed dy lais yn fy mhen yn fy annog i beidio ymddiried ynddo fo nac ynof fi fy hun.

Roedd y noson wedi troi'n wyllt heb i ni wir drio.

Edrychais i lawr eto a sylweddoli fy mod i wedi colli'r tri arall. Cefais fy ngwthio i'r ochr gan griw goregnïol o Brydeinwyr oedd yn dawnsio mewn cylch gyda'u breichiau o gwmpas ei gilydd. Roedd y wynebau o fy mlaen yn troelli, degau o lygaid ac o wefusau'n trawsffurfio'n un wyneb a'u cyrff yn diflannu mewn cwmwl. Llosgodd blas y crisialau roedd Lucía wedi'u rhannu gyda ni i gyd ar flaen fy nhafod. Syllais ar fy adlewyrchiad yn y bar ariannaidd a gweld cannwyll fy llygad wedi chwyddo'n enfawr.

Gwyrais yn ôl a phwyso fy hun yn erbyn y wal, yn anadlu'n drwm. Daeth fflachiadau o'r sgwrs gyda José i lenwi fy mhen. Ac yna wyneb Gwen, dy wyneb di, fy wyneb i, ei wyneb o. Fflachiodd goleuadau strobe yn fwy llachar byth wrth i guriad y gân gyflymu. Siglodd canghennau coed almon uwch fy mhen.

Dechreuais anadlu'n ddwfn. Camais ymlaen, gan bwyso yn erbyn y bar eto i sefydlogi fy hun. Edrychais o fy nghwmpas gan geisio dod o hyd i wyneb cyfarwydd yn y clwb. Mi ges i gip o grys Alejandro'n chwifio'n y pellter ond mi ddiflannodd cyn i mi allu bod yn siŵr.

Ymddangosodd dy wyneb o fy mlaen. Cerddaist yn agosach ata i.

Pwysais fy mhen i lawr ar gownter gludiog y bar am eiliad a'i hylif arogl fanila yn glynu i fy ffroenau. Codais fy mhen i syllu ar y dorf oedd yn dawnsio dan arweiniad rhythmig y DJ yn yr hen bulpud.

Fflachiodd dy wyneb o ganol symudiad y dorf.

Camais tuag atat ti, ond arhosaist tu hwnt i fy ngafael. Roeddet ti'n pellhau wrth i mi drio agosáu, dy lygaid yn pefrio, yn disgleirio. Roedd dagrau'n llifo'n ddu i lawr dy fochau. Roedd stribedi o oren yn fy amgylchynu, cylchoedd du a llwyd a sgwariau o goch. Teimlais fy hun yn arafu fel petawn i'n cerdded drwy baent trwchus.

Yn sydyn daeth clep ar fy nghefn a chefais fy nghario o dan fy ngheseiliau. Alejandro oedd yno'n gweiddi yn fy nghlust fod rhaid i mi ddeffro. Gwthiodd Lucía ddiod arall i fy llaw. Cymerais swig ohono cyn ei orffen mewn un glec. Chwarddodd Lucía, ei gwên yn llydan a'i llygaid yn disgleirio. Roedd Paloma yno hefyd, yn dawnsio ynghanol y cylch. Agosaodd fy nghorff at Alejandro nes bod fy mraich yn pwyso'n erbyn ei fraich. Plethodd ei fysedd trwy fy mysedd innau. Safodd y ddau ohonon ni'n stond am eiliad yn creu patrymau ar groen ein gilydd, cerrynt o drydan yn llifo drwy un corff i'r llall. Trodd ata i. Rhedais fy llaw drwy ei wallt. Roedd ganddo rimyn o sparkles ar ei foch, yn disgleirio'n y golau.

Caeais fy llygaid, goleuodd dy wyneb eto tu ôl i'w ben. Roeddet ti'n blentyn rŵan, mewn sanau pen glin a dy wallt mewn plethen hir i lawr dy gefn. Roeddet ti'n gweiddi. Chwerthin. Crio. Cuddio. Dawnsio. Stopio.

Tynnais yn ôl fwyaf sydyn a gwthio Alejandro i ffwrdd. Edrychodd arna i, yn methu deall. Ysgydwais fy mhen a'i wthio i ffwrdd eto. Cerddais heibio iddo, heibio Paloma, heibio Lucía. Cerddais yn syth i mewn i dy freichiau di, a theimlo fy nghorff yn ysgwyd yn dy gôl.

esperar

aros

Roedden ni tu mewn i un o dy baentiadau. Yr un gyda'r haul melyn wedi'i drochi mewn gwaed. Roedd y diferion yn syrthio'n drwm ac yn drwchus i lawr y muriau o'n cwmpas, yn tasgu ar fy wyneb.

Pit-pat-pit-pat.

Roedd ymylon y canfas wedi'u hollti mewn mannau, ôl bywyd wedi'i droi'n frau. Fe dorrwyd y tawelwch gan ffrwydrad o fwrlwm dinas. Udo beic modur, lleisiau'n gwawdio, traed yn rhuthro heibio.

Ond dim ond ti a fi oedd yma. Troais fy nghefn ar yr ymylon a syllu tua chanol y paentiad. Y cylchdro euraidd yn fy nghyfareddu. Fel yr oedd wedi gwneud ers erioed.

Doeddet ti ddim yn blentyn bellach. Roeddet ti'n gorwedd, wedi suddo, gyda golwg hen ar dy wyneb. Er na fuost ti erioed yn hen. Chest ti erioed y cyfle. Trodd y goleuni'n wyn o dy gwmpas, yn artiffisial ac yn anghyfforddus. Roeddem yn ôl yn y sbyty. Cyffyrddais â fy mrest, roedd fy nghamera ar goll.

Pit-pat-pit-pat.

'Alli di wneud i'r diferion stopio?' gofynnais wrth i mi gyrraedd dy ochr, yn dringo dros stribedi o lwyd a ffrydiau o goch llachar. Codaist dy lygaid tuag ataf ac ysgydwaist dy ben yn araf.

'Ond dwi angen iddyn nhw stopio,' dywedais. 'Ma' fy mhen yn brifo. Brifo, brifo, brifo.'

Estynnaist dy law o dan y blancedi trwchus oedd wedi eu pentyrru'n uchel er gwaetha'r gwres llaith. Roedd fy mysedd yn edrych yn fregus wrth ochr dy ddwylo oedd yn galed fel hen ledr.

Arhosais yno'n disgwyl am rywbeth.

Roedd dy anadl yn afreolaidd. Chwyrn. Syllais ar y croen sych o gwmpas dy wefusau tenau. Roeddet ti'n dal i gadw gafael ar fywyd, mewn stad o lonyddwch ffiaidd. Roedd y goleuni o'n cwmpas yn gwingo'n aflonydd, yn tywyllu o aur i biws bob yn ail. Ymestynnodd y cysgodion o'n cwmpas. Rhyddheaist anadl hir, anwastad.

Tu allan, tu hwnt i'r ffrâm, gwaeddodd plentyn.

Roedd düwch y nos yn ein cofleidio mewn blanced o niwl. Roeddem yn rhedeg allan o amser.

Agoraist dy lygaid. Codaist dy law. Roeddet ti'n crynu. Tynnais fy hun yn ôl, yn ddyfnach i mewn i'r cysgodion. Oedd gen i ofn? Llyncais fy mhoer a gadael i ti gipio fy llaw. Roedd dy groen yn arw fel rhisgl coeden, a dy afael yn dal yn gadarn. Gallet ti fy nhorri'n ddwy, hyd yn oed rŵan.

El arte es libertad, meddaist, dy lais yn crafu'n dy wddf.

'Dwi ddim yn siarad Sbaeneg,' atebais, gyda fy ngeiriau'n syrthio rhyngom fel cerrig trwm.

Codaist dy aeliau.

Pintar el dolor, dechreuaist ddweud.

'Dwi'n methu siarad Sbaeneg,' dywedais eto, fy nghalon yn curo'n galed. Roedd dy anadl yn ysgafnhau, yn prysur ddiflannu.

Ro'n i angen peintio fy mhoen, llwyddaist i'w ddweud o'r diwedd. *Peintio'r pethau oedd yn fy nychryn. Ond weithiau baswn i'n drysu rhwng yr hanes a'r stori yn fy nychymyg.*

Neu efallai 'mod i'n adrodd straeon i drio deall fy hanes. Adrodd hanesion 'dan ni'n neud wedi'r cwbl, 'de? Ond dwi'n meddwl 'mod i 'di anghofio sut i siarad yn y byd go iawn erbyn y diwedd. Sut i siarad hefo ti.

'Dwinna'r un fath,' meddwn gan wyro tua'r gwely.

Nag wyt. Ti'n gallu wynebu'r cwbl.

Codais fy mhen a chwpanaist fy moch gyda dy law am eiliad gynnes a byr, cyn suddo'n ôl i blygiadau cochbiws y gobennydd.

'Paid â mynd,' sibrydais.

Roedd y tawelwch yn dychwelyd. Ond nid yr un tawelwch ag o'r blaen. Roedd cynnwrf i'w ganfod y tro hwn, symudiad.

Ac yna cymeraist dy anadl olaf. Diflannaist.

Pit-pat-pit-pat.

Toddodd y paent yn raddol o'm cwmpas.

Ro'n i wedi lapio fy hun mewn pelen dynn ar fainc mewn sgwâr anghyfarwydd. Roedd y glaw wedi treiddio trwy fy nillad. Sisialodd goleuni melyn y lamp stryd uwch fy mhen. Ac am unwaith doedd gen i ddim awydd symud, dim awydd dianc. Dim ond aros yno, yn aros i'r byd hwn doddi o fy nghwmpas hefyd.

la memoria

y cof

Agorais fy llygaid y bore wedyn yn ôl yn fy ngwely yng Nghaerdydd. Roeddet ti'n symud yn y gegin a llais main dy radio yn ymdonni o gwmpas y lle. Symudais fodiau fy nhraed a fy mysedd yn araf bach ar hyd y gynfas oedd wedi ei lapio'n dynn o fy nghwmpas. Aeth dy lais yn dawel. Blinciais sawl gwaith cyn deall nad oeddwn i'n adnabod y stafell o gwbl. Roedd cyrtens glas tenau'n gorchuddio'r ffenest, yr amlinelliad o olau o'i chwmpas yn awgrymu ei bod hi'n bell wedi canol dydd. Dechreuodd siapiau dodrefn ymffurfio, amlinelliad y cyrion yn troi'n gliriach. Roedd llun ar y bwrdd isel wrth fy ymyl. Mynyddoedd. Arhosais yn gorwedd am sbel, fy mhen yn drwm a fy meddyliau'n troelli. Roedd neithiwr mewn niwl.

Daeth cnoc ysgafn ar y drws ac ymddangosodd wyneb Alejandro, ei wallt hir wedi ei gasglu'n flêr ar dop ei ben.

'Hola,' sibrydodd gan eistedd ar waelod y gwely. Gwichiodd y fatres ryw fymryn a chodais fy hun fel fy mod yn eistedd. Cadwais y gynfas yn dynn amdana i.

'Hola,' daeth fy llais allan yn grawclyd.

'How are you feeling?' gofynnodd gan wenu.

'I'm so sorry about last night ... I'm not sure ... how did we get home?'

'We managed to find you at last. My dad came to pick us up.'

'I'm so sorry.'

'Don't worry about it,' dywedodd gan godi o'r gwely at y ffenest. '¿Estás lista?' Cuddiais fy wyneb o dan y gynfas mewn pryd cyn iddo agor y cyrtens ar led. 'There's food in the café downstairs once you're ready.'

'Alejandro?' Codais fy llais wrth iddo wneud ei ffordd tuag at y drws, fflach o neithiwr yn saethu drwy fy mhen.

'¿Sí?'

'I did want to, last night. I mean, I did want to kiss you. I just ...'

'Don't worry about it. I'd already forgotten,' atebodd cyn diflannu trwy'r drws.

Pwysais yn ôl i mewn i'r gobennydd gan syllu ar y nenfwd yn troi. Arhosais yn y gwely am sbel eto cyn gorfodi fy hun o'r diwedd i godi ar fy nhraed. Golchais fy wyneb yn y sinc yn y stafell folchi. Ro'n i'n edrych yn uffernol. Roedd fy mochau'n welw a'r croen o gwmpas fy llygaid wedi'i gleisio gan flinder. Llithrais i lawr y grisiau ac i mewn i'r caffi, fy mysedd yn olrhain patrwm y papur wal.

Ping.

Tynnais fy ffôn o fy mhoced a gweld sawl neges gan Sia'n ymddangos.

Meddwl neith hyn helpu ti i ddeall? Wedi dadorchuddio hwn bore 'ma.

Dilynodd cyfres o luniau. Craffais yn ofalus, f'anadl yn dal yn fy ngwddf. Roedd tad Alejandro ym mhen arall y caffi'n sgwrsio a chwerthin efo criw o ferched hŷn oedd yn mwynhau potel o win gwyn rhyngddynt. Daeth o'n ôl at y cownter gan ysgwyd ei ben a chwerthin. Wrth fy ngweld dyfnhaodd ei wên fwy byth.

'¿Cómo estás hoy, guapa?' Gwasgodd ysgwydd Alejandro wrth fynd heibio. Roedd rhywbeth am y tynerwch difeddwl yn gwneud i fy llygaid ddyfrio.

'Thank you so much for last night. I'm sorry you had to come fetch us,' meddwn wrth ei dad gyda fy mochau'n llosgi.

'I'm just glad you all got home safe, eh?' atebodd gan chwifio ei ddwylo'n yr aer. 'You know, I used to party with your mum back in the day. I remember her last night here, before she left for good. We all went out then. She was very upset about something, I remember.'

'Yeah, her and José argued,' atebais wrth dylino fy nhalcen.

'No, I don't think that was it. I think she was upset about leaving. I think part of her wanted to stay.'

'I thought she was unhappy here.'

'Both can be true, I think. Muy complicado,' dywedodd gan ddiflannu i mewn i'r stordy.

'Would you like a coffee?' gofynnodd Alejandro gan sylwi ar fy wyneb yn syrthio.

'I, erm, yes. Gracias.' Cydiais yn y gwpan yn ofalus a syllu ar fy ffôn unwaith eto. Y lluniau ar y sgrin yn cleisio cefn fy amrannau. Dechreuais deimlo'n boeth, chwys yfed yn casglu ar fy wyneb.

Arhosais yn dawel, yn canolbwyntio ar beidio ildio i'r don o gyfog yn corddi tu mewn.

'I hear it's your final day with us though?' gofynnodd tad Alejandro wrth ddod yn ôl o'r stordy. 'I'm sure part of you would like to stay also, no? You won't find better than my son back in Gales,' ychwanegodd gan daro cefn Alejandro'n galed. Mwmiodd Alejandro arno i gau ei geg.

Chwarddodd ei dad a cherddodd yn ôl at y criw o ferched a chynnig potel arall iddynt.

'Alejandro?' mentrais o'r diwedd.

Cododd ei ben, topiau ei glustiau wedi cochi.

'Your dad. You're lucky he cares so much.'

'What do you mean?'

'As in, it's good that he cares about what you want to do with your future, you know?'

Ysgydwodd ei ben. 'Don't talk about what you don't understand,' atebodd, ei lais yn galed am y tro cyntaf un.

'Sorry, I don't mean to ...' dechreuais cyn i fy llais ddiflannu. Cododd y don o gyfog a llyncais yn galed.

'Sorry. I don't mean to snap.' Roedd ei lygaid yntau'n gorlifo gyda blinder, bagiau tywyll wedi ffurfio a'i amrannau'n drwm.

'I saw my mum last night, she was there. Like, really there. It felt so real,' dywedais yn dawel. 'I didn't mean to push you away,' meddwn gan wthio fy llaw ymlaen dros y cownter i drio ei gyffwrdd. Edrychodd ar fy mysedd heb afael ynddynt ac arhoson nhw yno'n llipa rhwng y ddau ohonom.

'Whatever it is you came here for, whatever it is about your family you were hoping to understand, I hope you find it,' meddai wrth gamu'n ôl a chlecian a chloncian platiau budron at ei gilydd a chreu pentwr simsan seimllyd rhyngom. 'But you know the past is done, right? What's happening around you right now is what really matters.'

'Yeah, I get that,' atebais ar unwaith gan deimlo fy hun yn troi'n oramddiffynnol. Brathais fy ngwefus. Do'n i heb ddisgwyl i'r sgwrs droi fel hyn. Curodd fy mhen yn galetach byth.

'Maybe there has to come a point where you stop looking back,' ychwanegodd gan daflu ffyrc a chyllyll i mewn i'r sinc. Gwingais wrth deimlo ei lygaid tywyll yn edrych drwydda i.

'What do you mean?' heriais gan dynnu fy llaw yn ôl.

'Hiding behind your mum, behind your camera,' dywedodd a thaflu'r cadach llestri dros ei ysgwydd. Roedd o'n creu mwy o lanast wrth iddo symud y platiau o un cownter i'r llall mewn symudiadau brysiog, diofal.

'Because you're so honest, are you? Studying a course you hate, doing what you're told. Not reaching out to your mum. Complaining but not actually doing anything about it.' Tynnais fy ngwallt am i fyny wrth siarad a'i glymu'n dynn ar dop fy mhen. 'Who's really hiding?' gofynnais gan godi o'r gadair a dechrau gwisgo fy mag cefn.

'I guess we're finally talking for real with each other then,' atebodd yn dawel gan droi i fy wynebu, ei geg wedi'i glampio'n dynn ar gau.

Twat.

Twat-twat-twat.

Cyn i mi gael cyfle i agor fy ngheg, tinciodd drws y caffi ar agor ac ymddangosodd Hugo. Roedd ei lygaid ar led a'i wynt yn ei ddwrn.

'Cat, you have to come with me,' meddai wrth afael yn fy mhenelin.

'What's wrong?' gofynnais wrth deimlo ei banig yn rhedeg yn gerrynt trwyddo.

'I need your help. Gwen just called me. The finca – it's on fire. She can't find José. She won't leave without him.' Oerodd fy nhu mewn. 'I ... I can't go alone,' ychwanegodd Hugo'n wyllt.

Edrychodd Alejandro a fi ar ein gilydd am eiliad hir cyn i fi ddilyn Hugo i mewn i'r sgwâr. Neidiais i mewn i oerfel air-con ei gar a gyrrodd drwy strydoedd cul y pentref.

Roeddem wedi ein hamgylchynu gan gaeau o fewn dim, y blodau haul bellach wedi crino ac yn gwyro eu pennau am i lawr. Cefais f'atgoffa o gyrraedd y fferm y tro cyntaf fis ynghynt gyda Gwen wrth fy ochr. Y tro hwn, pwysais ymlaen gan fynnu i'r cerbyd wibio'n gynt o gwmpas pob troad, fy meddwl yn rhuo, yn pledio nad oedd hyn wir yn digwydd. Roedd Hugo'n dawel, ei lygaid wedi eu hoelio ar y ffordd o'i flaen a'i ddyrnau'n wyn o gwmpas yr olwyn. Am unwaith, doedd o ddim yn gwenu. Am y tro cyntaf un, gallwn adnabod osgo Gwen wrth edrych arno. Cefais gipolwg arnaf fi fy hun yn nrych y car. Prin yr oeddwn i'n adnabod yr wyneb heulfelyn â golwg benderfynol yn syllu'n ôl arna i. Troais innau i edrych ar y ffordd o'n blaenau. Rhuthrom i fyny'r allt tuag at y finca. Pwysodd Hugo ei droed yn drymach ar y sbardun wrth grensian ei ddannedd. Aethom yn ein blaenau, ymlaen ac am i fyny gan adael popeth arall ar ein holau.

fuego

tân

Roedd hi'n amlwg fod rhywbeth mawr o'i le hyd yn oed cyn cyrraedd y troad olaf i'r buarth. Roedd modd arogli'r mwg filltir i lawr y llwybr. Crensiodd y cerrig o dan olwynion y car a thynhaodd y cwlwm yng ngwaelod fy mol. Roedd Milo'n cyfarth nerth ei ben wrth i ni gyrraedd y buarth. Rhedodd ata i, ei naid yn fy ngwthio i'r llawr. Plygais ar fy nghwrcwd i'w wynebu a cheisio ei dawelu ryw fymryn. Syllais dros ei ben, i gael gwell golwg o'r difrod o fy nghwmpas.

Rhegodd Hugo gan gau drws y car gyda chlec.

Roedd llosg chwerw tân yn codi dros y bryniau o'n cwmpas a'r cymylau'n dywyll gyda'r gwres myglyd yn siglo'n y pellter, fel pe bai'r awyr ar fin hollti'n ddarnau. Daeth gwynt poeth i chwipio drwy'r buarth gan chwyrlïo lludw i mewn i'n llygaid a'n ffroenau.

Roedd hi'n amlwg fod y tân wedi lledu'n gyflym. Safai'r coed almon ar y gorwel gyda'u dail arian wedi'u sychu'n ddu grimp, eu boncyffion wedi eu troelli mewn fflamau. Roedd y tân yn parhau i symud yn awchus ar hyd y tir, gan danio'r glaswellt sych a'r tyfiant isel. Gyda phob chwa o wynt, ymledai'r tân gan ddal pob brigyn brau oedd yn ei ffordd. Sylwais bryd hynny fod y fflamau'n teithio i gyfeiriad y tŷ.

O bell, ro'n i'n ymwybodol fod Hugo ar y ffôn, panig ei lais yn trywanu trwy'r aer trwchus. Syllais o fy nghwmpas heb wir allu deall yr olygfa a'm hwynebai. Tynnais hances o fy mhoced a'i lapio o gwmpas fy ngheg a fy nhrwyn. Gorchuddiodd Hugo ei geg gyda'i lawes.

Gwen.

José.

Teimlais fy nghorff yn deffro. Camais i mewn i'r gegin, yr un olygfa'r â'r un fis ynghynt. Dwy gwpan goffi wedi eu gadael ar y cownter, briwsion ar y bwrdd bwyta, y tap yn diferu'n afreolaidd. Ond roedd arogl mwg wedi dechrau llenwi'r tŷ. Camodd Hugo i mewn ar fy ôl a gwthiodd y ddau ohonom ein hunain i mewn i dywyllwch y coridor. Roedd y drysau i gyd ar agor. Roedd gwacter y tŷ yn fyddarol.

Wrth gyrraedd trothwy fy stafell wely, sylwais ar yr hirsgwar gwyn uwchben y gwely lle'r arferai dwy lygad syllu arnaf. Er y gwacter, roedd ei sgrech yn dal i'w chlywed.

'They're not here,' dywedais gan droi i wynebu Hugo, ei lygaid ar led.

'Where are they?' gofynnodd, ei wyneb yn troi'n welw.

Trodd ymylon fy ngolwg yn goch wrth i belydryn o haul daro fy wyneb.

'Come with me,' dywedais gan dynnu ar ei lawes a chamu'n ôl i mewn i'r buarth.

Roedd Gwen yn eistedd yn unionsyth ynghanol y cwt, ei llygaid yn syllu i'r gwacter o'i blaen. Roedd y geifr wedi aflonyddu ond yn aros yn agos ati, gydag un ohonynt yn nythu ei phen yn ei chôl.

Camais tuag ati'n ofalus, gan wthio heibio cynhesrwydd yr anifeiliaid. Ysgydwais ei braich sawl gwaith. Gwenodd yn llydan wrth i'w llygaid sgleinio a ffocysu arna i. Roedd rhywbeth gwahanol amdani. Yr oerfel a lynai o'i chwmpas fel arfer wedi toddi, a'i golwg wedi meddalu. Gallwn weld ei bod hi wedi bod yn crio. 'Isabel?' gofynnodd, ei llais yn bell i ffwrdd. Roedd ei golwg yn niwlog, ei hwyneb wedi drysu.

'Gwen, mae'n rhaid i ti symud. Fydd y lle 'ma ar dân o fewn dim.'

'Isabel, ti'n maddau i mi?'

'Gwen, lle mae José?'

'José ...?' Crychodd ei haeliau a blinciodd sawl gwaith. 'Mi fydd o'n ôl cyn hir.' Sythodd ei chefn eto.

'Rhaid i ti symud, Gwen. Mae hi'n rhy beryglus iti aros yma.'

'Na, well i mi aros yma. Rhag ofn bod Isabel yn dod yn ôl.'

'Gwen, dydy hi ddim ar ei ffordd. Fydd hi byth yn dod yn ôl.'

Arhosodd yn llonydd, ei chorff yn ddelw o wytnwch.

Troais at Hugo. 'I think she's in shock.'

Eisteddodd Hugo wrth ei hochr.

'Mam, por favor.' Trodd Gwen i edrych arno, yn sylwi ei fod o yno am y tro cyntaf. Gosododd ei llaw ar ei foch yn dyner. Cododd Hugo ei law a phlethu ei fysedd yn ei rhai hi. '¿Dónde está José?'

'Aeth o fewn i'r berllan,' dywedodd Gwen yn dawel cyn nodio'n araf bach. Llwyddodd y ddau ohonon ni i'w chodi gan roi ein dwylo o dan ei cheseiliau. Gollyngodd ei phwysau arnom yn llipa.

Yn y pellter, sgrechiodd injan dân.

Mewn gorymdaith dawel, gyda'r geifr yn tyrru o'n cwmpas, cerddodd y tri ohonon ni allan o'r cwt i ganol y darlun o ddinistr a'n hamgylchynai. Dawnsiodd y fflamau ar y gorwel a brefodd y geifr yn uwch. Edrychodd Gwen o'i chwmpas ac yn sydyn dechreuodd ei chorff grynu, a hyrddiodd cri o boen o'i gwefusau wrth iddi ildio i'w dagrau. Lapiais fy mreichiau amdani'n dynn, a llenwodd fy ffroenau gydag arogl dy bersawr. Cofiais am dy fygythiad olaf cyn gadael y finca y tro olaf un. Ai dy lais di oedd yn siffrwd trwy'r gwynt? Ond doedd dim chwerthin i'w glywed y tro hwn, dim ond llefau o alar yn codi a gostwng gyda'r tân.

semilla

hedyn

Daeth y diffoddwyr tân o hyd i gorff José ynghanol y coed almon yn y cae pellaf un. Roedd un llaw yn gafael yn narlun ei fam tra oedd cadwen Gwen yn gwlwm o gwmpas bysedd main ei law arall. Roedd y mwg wedi llenwi ei ysgyfaint, wedi crogi ei lais. Doedd neb yn siŵr yn union sut dechreuodd y tân. Roedd y tir mor sych, yr haf wedi bod mor hir. Gallai unrhyw wreichionen fod wedi bod yn ddigon, hyd yn oed un gyn lleied â fflam sigarét.

Arhosodd Gwen yn dawel pan glywodd y newyddion yn yr orsaf heddlu. Roedd hi'n eistedd ar gadair fetel wedi ei hoelio i'r llawr, ei breichiau wedi eu croesi'n dynn o gwmpas ei chanol. Roedd hi'n od ei gweld mewn cyd-destun mor swyddogol, mor aseptig. Doedd y mwd ar ei sgert ac o dan ei hewinedd a'i phlethen wen hir, flêr yn gwneud fawr o synnwyr yno. Ro'n i'n eistedd gyferbyn â hi, fy nghoes yn ysgwyd i fyny ac i lawr, ddim yn siŵr sut i ymddwyn. Duodd y cylchoedd o dan ei llygaid fwy byth a dyfnhaodd y rhychau ar ei hwyneb o dan olau llachar y stafell aros. Gofynnodd am gael gweld y corff. Awgrymodd y doctoriaid fod yn well iddi beidio, ond mynnodd wneud beth bynnag. Arhosodd yno am bron i awr. Camais o un pen y stafell i'r llall wrth aros amdani, Hugo a finnau'n edrych ar ein gilydd o dro i dro. Roedd llen o sioc wedi syrthio dros ei wyneb ers i ni gyrraedd yr orsaf a golwg bell arno wrth iddo bwyso'n ôl yn ei gadair gan fodio'r het wellt yn ei ddwylo. Doedd yr un ohonom yn gwybod sut i ynganu'r blerwch yn ein pennau. Sut oedd egluro rhywbeth mor ffyrnig o derfynol â marwolaeth?

Ymddangosodd Gwen o'r diwedd, ond ddywedodd hi ddim byd wrth ein gweld yn aros amdani'n bryderus. Casglodd ei phethau at ei gilydd, gwirio sawl gwaith fod ganddi bob dim, cyn camu'n ôl i mewn i oleuni'r haul gan droi ei hwyneb tua'r awyr. Cododd Hugo a'i dilyn. Lapiodd ei fraich o'i chwmpas a cherddodd y ddau i ffwrdd gan ddal ei gilydd yn dynn. Ro'n i'n rhy araf i dynnu llun ohonynt y tro hwn. Safais ar risiau'r orsaf, am unwaith yn methu â theimlo'r gwres tanbaid o fy nghwmpas.

Aeth y dyddiau heibio. Aeth Gwen yn ôl i weithio'n syth. Roedd tocio, tacluso, palu, clirio i'w wneud. Roedd y diffoddwyr tân wedi llwyddo i achub y tŷ mewn pryd. Yr adeilad wedi ei gylchu gan ddüwch crebachlyd.

'Do you think she's okay?' gofynnais i Hugo wrth i'r ddau ohonom ei gwylio drwy ffenest gymylog y gegin.

'Honestly, I don't know. But she'd go mad if she wasn't busy,' ochneidiodd Hugo. Roedd ei bresenoldeb tawel wedi bod yn gysur y dyddiau diwethaf.

'Has she talked to you about what happened at all?' holais gan groesi fy mreichiau.

'No, not at all. She's barely said a word,' ochneidiodd Hugo gan ysgwyd ei ben.

'What will happen? To the finca?' gofynnais wrth syllu ar y caeau crimp o'n cwmpas.

'Most of the trees were caught up in the fire. Ironically,

quite a few of the ones which were ill survived. We'll have to see what can be saved, what will have to replanted.'

'You're not thinking of building a solar farm anymore?'

'Perhaps there's room for both to live alongside one another. There's some beauty in that, I think. Remembering and rebuilding,' meddai gan adael i'w olwg feddalu ryw fymryn.

'Like the story of the salamander?' gofynnais gan wenu.

Dychwelodd y wên wrth droi ata i. 'Exactamente. It was José who first told me about it now that I think about it.' Crychodd ei dalcen wrth gymryd sip arall o'i goffi.

'I need to tell you something,' dywedais gan eistedd wrth y bwrdd pren a llyncu'r belen o boer yng nghefn fy ngwddf. 'The last time I saw José. We argued. I lost my temper. I said some things I shouldn't have done. Told him that nobody would miss him after he was gone,' meddwn gyda'r ddelwedd ohono'n y fflamau yn gyrru ias i lawr fy nghefn.

Nodiodd Hugo, ond arhosodd ei lygaid yn feddal.

'If anyone understood anger, it was José. He would have understood getting caught up in the moment. He understood regret better than anyone.'

'I just wish ...' dechreuais ddweud cyn sylweddoli nad oedd gen i glem sut i orffen y frawddeg. 'I just hope those words weren't with him at the end, you know?'

'Don't be too hard on yourself. He pushed people to their limits, he was good at that,' meddai wrth i'w wyneb suro am eiliad. 'I do hope he could see that there had been some love in his life though. That his love for this place was worth something.' Roedd ei lygaid yn dal i ddilyn Gwen o bell wrth iddi blygu i lenwi bwced gyda dŵr. Oedodd hithau am eiliad i ymestyn ei sgwyddau cyn cydio'n y bwced a martsio i ben arall y buarth.

Aeth pythefnos heibio. Arhosais o fewn ffiniau'r fferm, yn cadw golwg ar Gwen o bell. Yn cynnig help lle roedd modd gwneud. Clirio, sgubo, coginio. Roedd yr angladd yn fach. Trefnodd Hugo'r cwbl. Daeth ambell un i gydymdeimlo, eu lletchwithdod wedi ei wasgaru o amgylch ymylon yr eglwys. Ambell air yn cael ei gyfnewid. Neb wir yn gwybod sut i deimlo. Arhosodd Milo wrth draed Gwen drwyddi draw.

Aeth wythnos arall heibio wedi hynny. Parhaodd Gwen i gadw'n brysur. Dechreuodd y tirwedd droi'n hydrefol, gostyngodd y gwres yn fwynder goddefadwy.

Cat. Pryd ti'n dod yn ôl?

Daeth rhimyn cyson o negeseuon gan Sia i oleuo fy sgrin bob diwrnod. Ro'n i bellach wedi cysylltu i signal ffôn Hugo oedd fwy na heb wedi symud i mewn i'r finca. Gwegiodd fy nhu mewn wrth ddarllen ei geiriau. Teimlais fy hun yn cael fy nhynnu'n ôl tuag ati. Yn hiraethu am ei chwmni, am deimlad ei breichiau o fy nghwmpas, am daraniad ei chwerthin. Roedd hi'n bryd i mi adael.

Y diwrnod hwnnw, es i lawr at y caffi. Roedd fy nhraed bellach mor gyfarwydd â'r llwybr nes eu bod yn fy nhynnu yno heb i mi wir fod yn ymwybodol o'r peth. Am unwaith, roedd Alejandro'n eistedd wrth ymyl un o'r byrddau yn hytrach na thu ôl i'r cownter. Fflachiodd ei lygaid wrth fy ngweld a dyma fo'n hanner codi o'i sêt wrth i mi agosáu ato. 'Nes i arwydd iddo eistedd yn ôl i lawr a llithrais ar y gadair gyferbyn ag o.

'Lo siento, for last time we saw each other,' dywedais yn syth, gan gydio yn ei law a'i gwasgu.

'Mae'n ddrwg gen i,' meddai'n araf.

'You learnt ...?' gofynnais mewn syndod llwyr. Teimlais ei garedigrwydd i'r byw.

Cododd ei sgwyddau gyda gwên fechan yn ffurfio ar ei wyneb. Gwasgodd fy llaw yn ôl ac arhosodd y ddau ohonon ni yno am sbel cyn dweud unrhyw beth arall.

'When are you going back to Cardiff?' gofynnodd o'r diwedd, yn cylchu plygiadau cledr fy llaw yn araf bach gyda blaenau ei fysedd.

'Tomorrow,' atebais gan geisio anwybyddu'r belen oedd yn ffurfio'n fy ngwddf. Nodiodd ei ben yn araf.

'And the exhibition? What will you do?'

'Sia and I will organise something of our own, find our way of doing it. You don't really need a building or a room when you think about it. It just feels important that the work gets out there, after all this time.'

'And your own work?' gofynnodd gan nodio tuag at y camera oedd yn trwyno allan o fy mag cefn.

'I'm going to keep at it. Take the photos I want to take, ones which mean something to me, you know? No more hiding. Believe in myself a bit more,' meddwn wrth wenu.

'That was unfair of me to say, sorry ...' dechreuodd wrth i'w glustiau gochi. Ysgydwodd ei ben ac edrychodd ar y bwrdd. Gollyngais ei law a gwasgu ei ên rhwng fy mawd a 'mys blaen i godi ei ben am i fyny fel ein bod ni'n edrych ar ein gilydd.

'You were right, I have been hiding. Not anymore, though. And I shouldn't have assumed to understand your relationship with your dad either, sorry,' meddwn wrth ollwng fy llaw yn drwm ar y bwrdd.

'You were right too, though. I needed to hear it. I actually told him that I don't want to go back to university next term,' dywedodd gan wenu.

'Really? How did he take it?' holais yn syn.

'Actually, surprisingly well. José's death ... I think it's made a lot of people realise how fragile life can be.'

'So what will you do?'

'I'm going to go stay with my mum for a while, spend some real time with her. Discover some of the climbing spots around there too.'

'That's brilliant.' Teimlais fy nghalon yn chwyddo wrth ei weld mor hapus yn rhannu'r newyddion.

Cuddiodd yr haul tu ôl i gwmwl.

'I should get going,' ychwanegais wrth sylwi ar yr amser. Cododd y ddau ohonom ar ein traed. Agorodd ei freichiau a gadewais i fi fy hun gael fy nghofleidio ganddo. Ymlaciais yn erbyn ei frest a nythais fy mhen yn ei war. Roedd o'n arogli o goffi a chalch dringo.

'Let me know if you're ever ... if you ever think you'll be back,' sibrydodd yn fy nghlust.

'I will be,' dywedais. 'I can feel it,' meddwn gan droi fy wyneb ato. Cusanodd y deigryn oedd yn rhedeg i lawr fy moch yn dyner. Ymestynnais fy nghoesau fel fy mod yn sefyll ar flaenau fy modiau traed a chusanais ei wefusau'n ysgafn. 'I'm glad we met,' dywedais yn syml gan gwpanu ei fochau'n fy nwylo. Arhosodd y ddau ohonon ni yno am funud euraidd, yn caniatáu i ni'n hunain anghofio treigl amser, anghofio'r cwbl lot tu hwnt i'n cofleidiad.

abertura

agoriad

'Dwi'n meddwl dylsat ti gael hwn,' dywedodd Gwen gan gamu i mewn i fy stafell wely wrth i mi stwffio fy nillad budr i fy mag. Goriad oedd ganddi yn ei llaw, yn fflachio'n y golau diwedd dydd.

'Be?' dechreuais holi cyn deall.

'Wedyn,' meddai. 'Ar ben dy hun.'

Nodiais wrth ddeall a llithro'r goriad i fy mhoced. Roedd o'n drymach na'r disgwyl.

'Dwi ...' dechreuodd gyda'i llygaid gleision yn cronni gyda dagrau wrth edrych i lawr tuag at y camera o gwmpas fy ngwddf. 'Dwi'n falch wnes i ateb dy lythyr. Ryw ddydd, ella wnei di faddau i mi.'

Camais tuag ati hi a chymryd ei hwyneb yn fy nwylo. Roedd fy mysedd yn crynu wrth i mi gyffwrdd ei chroen oedd wedi ei rychu gyda blynyddoedd o haul, o eiriau heb eu rhannu, o brofiadau heb eu byw. Cusanais ei boch yn ysgafn gan wasgu top ei sgwyddau'n dyner. Cymerais gam yn ôl fel bod y ddwy ohonon ni'n edrych ar ein gilydd yn iawn.

'Dwi'n meddwl dylsat ti gael hwn,' dywedais gan gynnig fy nghamera iddi.

Oedodd cyn cydio ynddo.

'Dwi ddim yn siŵr be ddylwn i dynnu llun ohono,' meddai'n araf.

''Di hynny ddim ots,' atebais yn hyderus. Sylwais arni'n sbecian ar y sgŵar goleuach uwchben fy ngwely.

'Dwi 'di bod yn ei ddychmygu fo a Mam allan yn y caeau'n dawnsio hefo'i gilydd,' meddwn wrth eistedd ar y gwely i wynebu'r wal wag.

''Na i 'run fath, felly. Y ddau ar eu gorau. Cyn i fywyd gymryd drosodd,' meddai gan eistedd ar y llawr o fy mlaen a chydio'n fy nwylo. Roedd yr agosatrwydd newydd rhwng y ddwy ohonom yn teimlo'n syndod o naturiol, fel atgof oedd newydd godi i'r wyneb ar ôl blynyddoedd o guddio.

Arhoson ni yno'n llonydd. Am unwaith, y tawelwch rhyngom yn dweud popeth. Cododd o'r diwedd, gosododd ei llaw ar fy ysgwydd a'i wasgu'n dyner. Roedd cynhesrwydd yn ei llygaid. Tân o'r newydd yn mudlosgi.

Ar ôl iddi fynd, arhosais ar y gwely am sbelan fach yn gwrando ar y tawelwch anghyfarwydd. Roedd yr anifeiliad wedi eu symud i fferm gyfagos am y tro. O bell, ro'n i'n clywed llais Hugo'n y gegin yn paratoi'r swper. Roedd hi'n braf ei ddychmygu yma gyda Gwen. Sŵn sgwrsio'n llenwi'r muriau o'r newydd.

Roedd hi'n amser.

Camais allan o'r stafell ac i mewn i'r coridor. Hoeliodd fy llygaid ar y drws trwm a cherddais tuag ato fel ro'n i wedi ei wneud droeon dros yr wythnosau diwethaf. Llithrais y goriad o fy mhoced ac i mewn i'r clo.

Clic. Gwich.

Y peth cyntaf imi sylwi arno oedd yr hen acwariwm yn y gornel bellaf. Roedd y dŵr yn y tanc yn llwydaidd ac ambell gragen lliw hufen i'w gweld trwy'r gwydr cymylog. Roedd llond lle o lyfrau wedi eu pentyrru, y naill ar ben y llall ar y silffoedd, a phosteri wedi eu rholio'n stribedi hirion. Cerddais draw at yr acwariwm. Gafaelais yn y pot o fwyd pysgod a throi'r caead gludiog. Pinsiais rywfaint o fwyd rhwng fy mys a 'mawd a'i wasgaru yn y tanc. Suddodd y tameidiau'n araf bach i waelodion y dŵr. Gwthiodd un pysgodyn aur ei ben allan o'r gragen a chnoi ar y darnau bach.

'Pwy sydd am edrych ar dy ôl di rŵan?' gofynnais gan bwyso cledr fy llaw yn erbyn y gwydr oer.

Troais o gwmpas a dechreuais sylwi ar rannau eraill o'r stafell, yr îsl wedi'i staenio gan baent, y jariau llawn brwshys oedd yn amlwg wedi gweld cryn ddefnydd. Roedd rhywbeth mor gyfarwydd am yr olygfa, yn union fel petawn i newydd gamu'n ôl i mewn i dy stiwdio. Y lle'n llawn aroglau olew, white spirit a llwch.

'Ti'n gweld hyn?' gofynnais, yn teimlo dy chwilfrydedd yn diferu drwydda i.

Cer i sbio ar y celf, atebaist. Doeddwn i heb glywed dy lais ers wythnosau.

Camais yn nes a chael fy nharo gan ergydion o liw cyfarwydd. Glas, oren, coch a melyn yn cael eu hailadrodd drosodd a throsodd mewn cylchoedd.

'Dy waith di ...?' dechreuais holi cyn tawelu fy hun. Dy waith di, ond roedd rhywbeth mymryn yn wahanol am y cyffyrddiad a'r naws.

Fo oedd yn casáu dy gelf. Fo oedd wedi disgrifio dy waith fel celwydd pur. Roedd o yma'n creu, ail-greu dy ddarluniau di. Troais yn fy unfan, yn sylwi ar ragor o baentiadau'n cuddio ym mhob cornel. Roedd gwerth blynyddoedd o waith yma. José del Mar yn ceisio efelychu dy ddawn di.

'Ai dyma'r darluniau nath o losgi?' gofynnais, yn rhyfeddu at grynswth y gwaith.

Doeddwn i erioed wedi meddwl fyswn i'n eu gweld eto, atebaist, dy lais wedi'i hollti gan emosiwn.

Ai trio gofyn am faddeuant wnaeth o? Neu ddisog ei rwystredigaeth ei hun? Neu oedd o fel fi, yn ceisio dy ddeall rywfaint yn well trwy dy gelf? Eisteddais gyda fy nghoesau wedi eu croesi ynghanol ei ddychymyg o, dy ddychymyg di. 'El arte nunca muere,' ailadroddais wrtha i fy hun. Dydy celf byth yn marw.

El arte es libertad, sibrydaist. Mae celf yn cynnig rhyddid.

Ymhyfrydais yn y golau'n pylu o fy nghwmpas am ennyd, gan deimlo'r gorffennol yn troelli tu mewn i mi. Roedd tân, aer, pridd a dŵr yn llifo ac yn curo trwy fy nghorff a fy nghalon, yn fy rhwymo wrthyt ti. Ti a Nain yma gyda mi, yn codi fy mhen a fy annog i gofleidio'r ansicrwydd oedd yn fy amgylchynu. O bell, roedd hi'n dal yn bosib clywed y geifr yn brefu yng nghae'r cymydog. Codais a chau'r drws tu ôl imi, gan deimlo'n llwyr effro yn nhywyllwch y coridor. Tywysodd dy ddistawrwydd fi tuag at y drws oedd yn arwain am allan, a chefais fy ngwthio i mewn i dameidiau meddal olaf y dydd.

Clic-clic-clic.

Isabel del Mar (1960–2025)
Mi hija, la salamandra
('Fy merch, y salamander'), 2024
Caerdydd
Paent olew

Credir mai hwn yw'r darlun cyflawn olaf i'r artist ei greu cyn i'w hiechyd ddirywio'n gyfan gwbl yn ystod ei chyfnod yn byw gyda'i merch yng Nghaerdydd. Mae'r artist wedi cael ei hysbrydoli gan lên gwerin hynafol am yr anifail amffibiaidd, y salamander sy'n ymgorffori rhinweddau ffantastig, yn bennaf y gallu i oroesi tân. Mae tynerwch a thrais yn cwrdd yma, gyda'r darlun haniaethol o rinweddau dinistriol tân yn rhedeg ochr yn ochr â thonnau meddalach gwawr newydd. Tan yn ddiweddar roedd y paentiad hwn a'r teitl wedi'u gorchuddio â golchiad, arfer rheolaidd oedd gan yr artist oedd yn aml yn ailddefnyddio ei chanfasau. Mae beirniaid yn ystyried mai'r darlun hwn yw campwaith yr artist.

Diolchiadau

Diolch i Wasg y Bwthyn am weld potensial yn y gwaith o'r dechrau un, ac am fy nghefnogi ar hyd y daith. Diolch i Caryl Lewis am dy gyngor ac adborth heb eu hail wrth ddarllen drafft cynnar iawn yn ystod cyfnod lle ro'n i'n teimlo ar goll gyda'r holl beth. Diolch hefyd i Catrin Beard ac Esyllt Lewis am fagu fy hyder a fy annog i ysgrifennu darn hirach wrth i mi gyfrannu i'r gyfrol *Hi/Hon*. Diolch o galon i Elizabeth am wirio'r Sbaeneg yn y nofel gyda dy lygaid craff – muchas gracias. Diolch yn ogystal i Esyllt Nest am ei gwaith manwl hithau. Diolch i Micki Schloessingk am fy nghroesawu i'w bwthyn sawl tro ac am fy ysbrydoli gyda'i chariad a'i hymroddiad tuag at ei chrefft. Diolch i fy rhieni am feithrin fy nghariad tuag at eiriau, ieithoedd a chelf, am fod yn gefn drwyddi draw tra hefyd yn gwybod pryd i'm herio. J'en serai toujours reconnaissante. Diolch i Nain am yr hwyl a'r chwerthin, ac am eich cryfder, positifrwydd a chefnogaeth. Diolch i weddill fy nheulu am eich cariad a'ch hiwmor. Diolch o galon i fy ffrindiau yng Nghymru, Sbaen, ac ymhellach eto. Mae pob un ohonoch yn werth y byd. A special thank you goes out to the Bristol gang for all the love and support over the past year.

Yn olaf, diolch arbennig i fy chwaer Léa. Nid yn unig am greu'r clawr ond am dy anogaeth gyson ers y dechrau un, dy greadigrwydd, a dy gyngor doeth. Go brin y byddai'r nofel 'ma wedi gweld golau dydd oni bai amdanat ti. Gracias, guapa.